KB099954

CHARM MASTER
참마스터

눈매 퓨전 판타지 소설
FUSION FANTASTIC STORY

참 마스터 5

눈매 퓨전 판타지 소설

초판 1쇄 찍은 날 § 2009년 3월 4일
초판 1쇄 펴낸 날 § 2009년 3월 14일

지은이 § 눈매
펴낸이 § 서경석

편집장 § 문혜영
편집책임 § 정서진
편집 § 서지현

펴낸곳 § 도서출판 청어람
등록번호 § 제1081-1-89호
등록일자 § 1999. 5. 31
어람번호 § 제1-1036호

주소 § 경기도 부천시 원미구 심곡2동 163-2 서경B/D 3F (우) 420-822
전화 § 032-656-4452 팩스 § 032-656-4453
http://www.chungeoram.com
E-mail § eoram99@chollian.net

CHARM MASTER

눈매 퓨전 판타지 소설

FUSION FANTASTIC STORY

5

참마스터

[부적술사]

청어람
도서출판

CONTENTS

Chapter 1	7	Chapter 6	167
Chapter 2	43	Chapter 7	205
Chapter 3	75	Chapter 8	245
Chapter 4	109	Chapter 9	279
Chapter 5	139	Chapter 10	313

Chapter 1

　루브르는 쓰러진 이카렌을 확인하자마자 숨이 붙어 있다는 사실을 알았다.

　화살은 정확히 급소를 비껴갔다.

　사야는 이카렌을 죽이지 않았다.

　일단 안도의 한숨이 흘러나온다.

　사야의 엄청난 집중력과 시력이 아니었다면 이렇게 절묘하게 급소만을 피해가기는 힘들었으리라.

　얼핏 보면 심장을 꿰뚫려 절명한 것처럼 보인다.

　하지만 생명에는 전혀 지장이 없는 부위다.

　'과연 궁귀야.'

루브르는 미간을 좁히며 고개를 미세하게 끄덕였다.

안도의 기색은 전혀 보이지 않았다. 오히려 이카렌이 죽은 것처럼 침울한 표정을 지었다.

이카렌이 살아 있다는 것을 알려서 좋을 건 없다.

어떤 사정이 있었는지 몰라도 사야는 이카렌을 죽여야만 했으리라.

월랑은 어찌 됐나.

월랑은 진청색 안개에 파묻힌 후부터 모습을 드러내지 않는다.

죽었는지 살았는지 감도 잡히지 않는다.

독기는 결계 안에만 머물렀다.

천만다행이다.

만약 독기가 결계 밖으로 흘러나온다면 이미 성내에 살아 숨 쉬는 자가 없으리라.

"영감탱이! 그만 죽어라!"

날카로운 목소리가 터져 나왔다.

순간 푸른 섬광이 루브르의 머리를 향해 떨어졌다.

"물러서욧!"

소화가 루브르의 앞을 가로막으며 나타났다. 그녀는 검으로 반원을 그리며 상대의 할버드를 튕겨냈다.

까앙!

청명한 금속성이 신호라도 된 듯 루브르가 뒤로 성큼 물러났다.

"계집!"

병사가 날카롭게 소리치며 쇄도해 들어왔다. 이어서 덩치 큰 병사 둘이 더 붙었다.

놈들은 마약을 복용한 자들이다. 힘도 비정상적으로 세고 움직임도 신출귀몰하다.

눈엣가시 같던 이카렌이 쓰러지자 놈들은 활개를 치기 시작했다.

카카캉!

소화는 찰나에 십수 명의 사내를 상대했다. 그녀이기에 가능한 싸움이었다. 그녀는 아바돈 용병단의 단장에 걸맞은 실력을 지녔기에.

하지만 십수 명의 사내가 수십 명으로 불어나면서 소화도 조금씩 지친 기색을 드러냈다.

"버르장머리없는 것들……"

루브르는 허연 이를 사납게 드러내고는 장갑을 꽉 눌러 꼈다.

그의 몸에서 푸른빛의 오러가 넘실넘실 솟아났다.

이카렌은 당분간 내버려 둔다.

놈들에게 이카렌은 이미 죽은 것으로 보여야 한다. 그게 오히려 이카렌을 지키는 길이다. 이카렌을 보호한답시고 진을 펼쳐 싸우면 녀석들은 기를 쓰고 이카렌의 명부터 끊어놓으려 할 게다.

일단은 소화에게도 알리지 않는다.

이카렌이 죽은 것처럼 행동한다.

"계집 하나를 두고 이러는 건 아니지!"

루브르는 버럭 고함을 내지르며 양손을 뻗었다. 순간 열 가닥의 올가가 사방으로 날아갔다.

촤라라락!

"크읏! 큭!"

소화를 향해 달려들던 사내들은 순간 거미줄에 걸린 곤충이 된 것처럼 옴짝달싹하지 못했다.

한참을 방어만 하던 소화가 비로소 입꼬리를 치켜올렸다.

늘 아름다운 미소만 짓던 그녀가 입꼬리를 치켜올리는 순간 미소는 비소로 변했다. 천사 같던 얼굴 대신 마녀가 현신했다. 마녀의 냉랭한 비소는 마약을 복용한 병사들의 심장마저 얼어붙게 만들었다.

"지금부터 대가를 치러줘야겠군요."

샤아아악!

옥구슬이 굴러가는 듯한 목소리는 더 이상 아름답게 들리지 않았다. 얼음 결정처럼 날카롭고 차갑게만 들린다.

그녀는 빛살처럼 움직였다.

"크악!"

"악!"

검로가 스친 자리마다 피분수가 솟는다.

흩어지는 핏물은 이내 방울져 사방으로 비산한다. 핏방울이 바닥에 닿기도 전에 그녀의 검은 또다시 붉은 피를 불러낸다.

성내의 하얀 눈밭은 온통 붉게 물들어갔다.

"헉! 마, 마귀… 다!"

병사들은 죽음을 문턱에 두고 두려움에 떨었다.

그들 모두 마약을 복용했다. 마약은 신체 능력을 경이적으로 끌어올릴 뿐만 아니라 두려움과 공포마저도 없애준다. 오히려 피를 보거나 고통을 느낄수록 흥분하기까지 한다.

한데 그들은 더 이상 즐길 수가 없었다.

검날이 뱃가죽을 쑤시고 들어오는 것보다 소화의 눈빛이 더욱 두렵다.

지독한 공포에 눌려 차라리 일찌감치 눈을 감아버리고 싶어질 정도다.

소화의 살기는 상상 이상이었다.

그녀의 검날에서는 검푸른 오러가 휘몰아치듯 파랑을 일으켰다.

악귀가 죽었다고 좋아라 했더니, 악귀보다 더한 마귀가 나타난 게 아닌가.

소화는 거침없이 적을 베어나갔다.

그녀가 움직이는 만큼 적들은 지옥을 경험해야 했다.

슈안은 입술을 질끈 깨물었다.

바츠는 어떻게 된 건가?

월랑은?

두 사람 모두 죽어서는 안 될 사람들이다.

일이 틀어지고 있다.

월랑이 여기까지 찾아온 것은 자신의 책임이 크다. 월랑을 쉽게 생각한 탓이다.

월랑이 처음부터 눈치를 채고 있었든 정보망을 이용해서 찾아왔든 간에 좀 더 신중해야 했다.

"사야! 어떻게 됐어?"

슈안이 버럭 소리를 질렀다.

늘 나근나근한 목소리로 말하던 슈안의 모습은 온데간데없다.

"……."

"사야!"

"보이지 않아!"

사야도 버럭 소리를 질렀다.

그녀도 찾는 중이다.

초조하기는 그녀도 마찬가지다.

이카렌은 살았을까?

급소를 피해서 겨냥했지만 확신이 서질 않는다.

월랑은?

슈안이 묻는 건 월랑과 바츠를 말하는 거다.

바츠는 아무래도 좋다.

월랑만이라도 보였으면 하는데 보이질 않는다. 짙은 진청색의 안개가 결계 안을 자욱하게 메워 버렸다.

슈안이 사야의 어깨를 잡고 흔들었다.

"똑똑히 봐! 넌 볼 수 있잖아!"

"안 보여! 보이지 않는단 말야!"

사야는 거짓말을 하는 게 아니다.

슈안도 안다.

사야라고 해서 투시를 할 수 있는 건 아니다. 독기가 퍼졌으니 아무리 시력이 좋다 한들 그걸 뚫어서 볼 수는 없다. 이건 광량(光量) 문제도 아니다.

사야는 그녀대로 걱정이 이만저만이 아니다.

월랑은 옆구리를 깊이 베였다. 피를 잔뜩 흘렸다.

아무리 바츠를 이기기 위해서라지만 그렇게 많은 피를 흘렸으니 몸이 성할 리 없다.

만약 바츠가 독에 당하면서도 사력을 다한다면 월랑은 죽을 수도 있다.

"슈안, 네 이놈!"

성 아래에서 노호성이 터져 나왔다.

루브르가 눈을 부라리며 슈안을 노려보았다.

"훗."

슈안은 루브르를 마주 보고 가소롭다는 듯 조소를 지었다.

슈안의 표정을 보기라도 한 건지, 루브르가 다시금 일갈을 터뜨렸다.

"기다려라! 내 오늘 의신을 포기하더라도 네 녀석 모가지는 썰어가야겠다!"

"훗, 노망이라도 났나 보군요. 그 힘으로 날?"

루브르는 곧장 몸을 날려 입구로 달려갔다.

슈안은 몸을 돌렸다.

"사야, 독기가 걷히는 대로 상황 보고해."

"알겠어."

슈안은 검을 움켜잡고 방문으로 걸어갔다.

오래 걸릴 것도 없다.

루브르는 방문을 여는 것과 동시에 죽을 게다.

벌써부터 슈안의 몸에서는 시커먼 오러가 넘실거리며 피어올랐다.

한편, 사야는 밖을 내려다보다가 눈썹을 꿈틀거렸다.

소복소복 쌓여가는 눈밭 위에 희미하게 새겨진 글귀를 확인한 탓이다.

사야, 뛰어내려.

누가 적은 건가?

틀림없이 루브르가 적은 것일 게다.

사야는 슬며시 고개를 돌리고 슈안의 동태를 살폈다. 슈안은 오러를 내뿜으며 모든 신경을 방문에 집중시켰다. 만약 정말 루브르가 이 방을 찾아온다면 문을 여는 것과 동시에, 아니, 어쩌면 문을 열기도 전에 슈안의 검에 목숨을 잃으리라.

사야는 다시 창밖을 내다보았다.

뛰어내리라니.

여기서 뛰어내리면 십중팔구 죽는다.

겨우 산다고 해도 반신불수가 되리라.

루브르도 생각이 있다면 무작정 뛰어내리라고 한 말은 아닐 게다.

뭔가 있다.

신호를 주거나 뛰어내려도 될 만한 상황을 만들거나.

그렇다면 찰나의 실수도 허용해서는 안 된다.

사야가 창밖으로 몸을 던지는 것과 동시에 슈안이 눈치챌 게다.

그가 얼마나 빠른지는 그녀도 잘 안다.

아마 추락하기도 전에 그의 손에 붙잡히리라.

어쩐다?

사야는 우선 주위를 살폈다.

만약 뛰어내린다면 활은 챙겨야 한다.

현월은 이미 자신이 들고 있다. 남은 흑신월을 가지고 도망쳐야 한다.

병사가 들고 있는 활을 뺏는 것은 어려운 일이 아니다.

활도 뺏고 병사도 죽여야 한다면 좀 까다로운 일이 되겠지만 단순히 도망만 가는 거라면……

'남는 것보단 낫겠지.'

사야는 마음을 굳혔다.

이제 행동으로 옮기는 일만 남았다.

그럼 뛰어내리는 순간은?

그때, 사야는 아래쪽에서 뭔가 반짝거리는 것을 발견했다.

'창문? 과연!'

루브르는 이곳으로 오지 않았다. 사야가 있는 방보다 서너 층은 아래쪽의 방으로 갔다.

사야는 금방 루브르의 의도를 알아챌 수 있었다.

그녀는 고개를 홱 돌리고 슈안을 바라보았다.

'지금이라면!'

타앗!

생각과 동시에 몸을 날렸다.

바람처럼 날아가 병사가 들고 있는 흑신월을 빼앗고 창밖으로 몸을 던졌다.

"사야!"

아니나 다를까, 슈안이 뒤를 돌아보고 일갈을 터뜨렸다.

성공이다.

슈안이 돌아보았을 때, 이미 사야는 창밖으로 몸을 내던진 후였다.

"교활한 늙은이!"

슈안의 미간에 세로 주름이 팍 새겨지는 것과 동시에 그의 모습이 사라졌다.

파밧!

"헛!"

"사야!"

다시 고함이 터졌을 때, 사야는 자신의 두 눈을 믿을 수가 없었다.

어느새 슈안은 사야의 팔을 붙잡고 있었다.

졸지에 사야는 슈안의 팔에 붙들린 채 성 창밖에서 대룽대 룽 매달린 신세가 됐다.

"염병할!"

루브르가 그걸 보고는 이를 부득 갈았다.

쉽진 않을 거라고 생각했지만 저 정도로 빠를 줄이야.

이제 남은 건 하나.

루브르는 아주 잠깐 동안, 눈 깜빡할 시간도 되지 않는 동 안 갈등했다.

'사야냐, 의신이냐.'

답은 이미 정해져 있었던 것.

"이노옴!"

루브르는 위층을 향해 올가를 내뻗었다.

쫘르르륵!

거미줄처럼 가는 올가가 밤공기를 날카롭게 베어내며 하늘로 치솟았다.

의신을 능력을 버려서라도 사야를 구할 생각이었다.

만약 사야를 구해내지 못하면 저 독 구덩이에서 살아 돌아올 월랑을 볼 면목이 없어진다.

루브르의 올가는 사용하는 방법에 따라 최강의 병기가 될 수도 있다.

열 가닥의 올가가 그물처럼 날아오르자 슈안은 흠칫 몸을 떨었다.

'살기! 어째서?'

자신을 향해 날아오르는 올가는 살기를 풀풀 내뿜고 있었다. 시늉이 아니라 진짜 살기다.

의신의 능력을 버려서라도 사야를 찾겠다는 의지가 분명하게 전해진다.

"칫!"

슈안은 결국 사야를 붙들고 있던 손을 놓았다.

대신 몸을 빼내면서 검을 휘둘러 날아오는 올가를 쳐냈다.

찌르르룽! 찌룽!

올가가 그의 검날 위에 미끄러지며 목표물을 잃고 돌아갔다.

한편 루브르는 올가를 거두는 것과 동시에 창밖으로 몸을 내던졌다.

추락하는 사야를 품에 안으면서 루브르는 다시 올가를 내뻗었다.

촤라라락!

파바바밧!

니들이 성벽에 꼿꼿하게 꽂혔다.

츠츠츠츳!

루브르는 성벽을 발로 디뎌 낙하 속도를 최대한 줄였다. 이런 가속도로 떨어지다가는 손목이 찢겨 나가고 말리라.

발바닥이 불에 덴 듯이 뜨겁다.

"크읏!"

올가의 길이가 다됐다.

손목이 찢어져 나갈 듯이 아프다.

"괜찮아?"

루브르의 몸을 감고 있던 사야가 손목을 보며 물었다.

루브르의 장갑은 특수하게 제작되어 있다. 본인의 의지가 아닌 이상 저절로 벗겨질 일은 없다. 오히려 손목이 찢어지면 찢어졌지.

루브르가 픽 웃으며 대꾸했다.

"계집아, 무거워. 오라비 품이 좋으면 계속 그러고 있든지."

"영감탱이, 멀쩡한가 보네?"

사야는 피식 웃어버리고는 몸을 내던졌다.

챙그랑!

사야가 아래쪽 창문을 깨뜨리며 성안으로 들어섰다.

사야가 들어가자마자 루브르의 손목에서 붉은 선혈이 주르륵 흘러내렸다.

장갑이 손목을 꽉 조인 탓에 뼈마디가 드러날 정도로 살갗이 벗겨졌다.

"클클, 그래도 의신을 잃지 않은 게 어디야."

이만하면 대성공이다.

만약 슈안을 죽였다면 이카렌에게도 미안한 일이다.

게다가 자신은 더 이상 의신의 능력을 이어갈 수도 없다. 다행히 슈안은 가만히 목을 내놓지 않았다. 정말 죽일 각오로 올가를 풀어 던졌음에도 죽일 수 없었다.

어쨌거나 원하는 대로 된 셈이다.

루브르는 사야가 뛰어든 창문으로 몸을 던졌다.

털썩.

소리가 들렸다.

육중한 체구가 무릎을 꿇는 소리다.

"쿨럭!"

월랑은 뜨끈한 피를 한 움큼 토해냈다.

옆구리에 박혀 있던 검은 아찔한 고통을 일으키며 힘을 잃고 빠져나갔다.

바츠가 무릎을 꿇은 게다.

독기가 너무도 자욱해서 잘 보이지 않지만, 이미 바츠는 생명이 위태로운 지경에 이르렀을 게다.

위험하기는 월랑도 마찬가지다.

독기는 그에게 아무런 영향을 미치지 못하겠지만 출혈이 너무 과하다.

"너의… 승리다."

무거운 목소리가 희미하게 들린다.

월랑은 잃어가던 의식의 가닥을 잡았다. 그의 손가락이 꿈틀 움직였다.

'바츠.'

"하지만 이걸로 끝은 아닐 터. 이제 시작된… 것."

"무슨 말입니까?"

"질문은 그만. 앞으로 겪으면 그만일 터. 부딪치는 것만이 유일한 길이다."

쿠웅!

다시 한 번 육중한 소리가 울렸다.

월랑은 발아래 쪽에 시커먼 무언가가 놓인 것을 보았다.

바츠의 머리다. 바츠가 앞으로 완전히 쓰러진 것이다.

월랑은 비틀거리며 허리를 굽혔다. 그가 조금씩 움직일 때마다 옆구리에서는 뜨끈한 피가 울컥울컥 뿜어져 나왔다.

그가 바츠의 머리카락을 움켜잡았다.

"이대로 죽을 수 없습니다. 그런 자유… 허락하지 않습니다. 말하십시오. 왜 이런 짓을…….."

"그만하는 게 어떻겠습니까?"

짙은 안개 속 어딘가에서 또랑또랑한 목소리가 흘러나왔다.

월랑은 순간 자신의 귀를 의심했다.

이런 극심한 독의 지옥에 발을 들이민 자가 있다니.

'대체 누가?'

월랑은 눈썹을 꿈틀거리고 주위를 둘러보았다.

과다 출혈 때문인지 자꾸만 시야가 뿌옇게 흐려지길 반복했다.

흐릿한 가운데 그림자 하나가 독의 안개 너머에서 모습을 드러냈다.

긴 머리카락, 눈처럼 희고 깔끔한 옷차림, 깎아놓은 조각처럼 아름답게 생긴 얼굴.

'서, 설마…….'

저벅저벅.

청년은 눈밭을 밟으며 천천히 월랑에게 다가왔다.

거리가 가까워지면서 청년의 모습도 또렷하게 보였다.

'마, 말도 안 돼. 꿈이라도 꾸고 있는 건가?'

월랑은 입을 쩍 벌렸다.

피를 너무 많이 쏟았나? 어째서 이런 곳에…….

"시리우스……."

"오랜만이군요, 월랑."

시리우스는 무표정했다.

그는 힐끗 눈을 내리깔고 쓰러진 바츠를 바라보았다. 아주 잠깐이었지만 그의 표정이 어두워졌다가 본래의 무표정으로 돌아왔다.

"어째서 당신이……."

"살아 있었습니다."

"하지만 분명히 그때 바츠의 칼에……."

"당신의 상상력일 뿐이지요."

월랑은 그저 눈을 끔뻑거리며 말을 잇지 못했다. 어디서부터 무얼 물어야 할지 감도 잡히지 않는다.

시리우스가 살아 있었다니.

"그럼 그동안……."

월랑은 말을 꺼내다 말고 입을 다물어 버렸다.

그동안 뭘 하면서 지냈냐고? 그게 지금 물어볼 소린가!

살아 있었다는 사실을 확인하고 나서 튀어나온 질문이 우습기 짝이 없다.

시리우스는 여전히 덤덤한 표정으로 월랑을 응시했다.

"잡담을 나누기에는 상황이 썩 좋지 않군요."

그는 쓰러진 바츠를 한 손으로 안아 들었다.

자신보다 훨씬 덩치가 큰데도 불구하고 시리우스는 조약돌을 들어 올리듯 가볍게 움직였다.

그제야 월랑은 이 상황이 모순으로 가득 찼다는 사실을 깨달았다.

'어떻게… 어떻게 이 독 구덩이 속으로 들어올 수 있었지? 게다가 아직까지 살아 있었다니? 왜 이곳에 나타난 거지? 바츠와 아직도 친밀한 관계라는 건가?'

여러 의문이 사정없이 밀려왔다.

하지만 그러한 것들을 채 묻기도 전에 시리우스가 월랑을 향해 말했다.

"오늘은 이쯤에서 헤어져야겠군요."

"시, 시리우스, 설마 이 모든 일을……."

"그렇습니다. 제가 한 일입니다."

"그럼… 부모님도……."

"제가 죽였습니다."

월랑은 순간 쇠망치로 뒤통수를 얻어맞기라도 한 것처럼 충격을 받았다. 다리에 힘이 풀려 털썩 주저앉은 월랑이 부들부들 떨며 물었다.

"원한 때문인가?"

"죽일 필요가 있었을 뿐입니다."

"이 개자식!"

월랑은 바닥에 떨어진 바츠의 검을 잡고 사력을 다해 휘둘렀다.

순간 시리우스의 눈빛이 짙은 녹빛으로 물들었다.

"어리석은."

탁!

시리우스는 월랑이 휘두른 검날을 가볍게 손가락만을 이용해서 잡았다.

'이런 말도 안 되는!'

시리우스가 월랑에게 바짝 얼굴을 들이밀며 말했다.

"아까도 말했다시피 이곳은 잡담하기에 좋은 환경이 아니군요. 여기 계속 있으면 당신도 출혈 과다로 죽습니다."

"어째서 중독되지 않는……."

"그럼 이만."

파앙!

시리우스는 월랑의 가슴에 손을 대고 순간 힘을 주었다.

그러자 놀랍게도 그의 손바닥에서 시커먼 오러가 대량 발산되더니 월랑을 훅 밀어내 버렸다.

"컥!"

월랑은 바람에 나부끼는 낙엽처럼 날아가 버렸다.

시리우스는 월랑이 날아가 버린 쪽을 가만히 응시하다가 걸음을 돌렸다.

"월랑!"

성을 빠져나오던 사야가 걸음을 뚝 멈추고 소리쳤다.

월랑은 바닥에 나뒹굴며 눈밭에 엎어졌다. 그가 날아온 거리만큼 붉은 피가 선을 잇고 있었다.

"정신 차려, 월랑!"

한달음에 달려간 사야는 월랑의 어깨를 잡고 흔들었다.

"미친 게야? 비켜섯!"

뒤이어 달려온 루브르가 다짜고짜 사야의 등을 밀쳤다. 그는 재깍 월랑의 몸을 살피며 사야에게 고함을 내질렀다.

"부상자를 흔들어대면 어쩌자는 게냐!"

"하지만 월랑이……."

"내가 손볼 테니 넌 엄호나 하……."

루브르는 말을 쏟아내다 말고는 눈썹을 꿈틀거렸다.

"빌어먹을, 저 자식은 빨리도 오는군."

성 입구에서 슈안이 저벅저벅 걸어나오고 있었다.

그가 사야를 또렷이 노려보며 말했다.

"사야, 날 실망시키는군."

"오, 오지 마!"

사야는 어느새 화살을 시위에 메겼다.

슈안의 걸음이 우뚝 멈췄다.

'한 발자국만, 한 발자국만 움직이면…….'

슈안을 죽이는 데 있어서 망설임은 없다. 얼마든지 죽일 수 있다. 하지만 본인이 살의를 뿜는 순간, 슈안은 움직일 게다. 그의 반사 신경을 따라잡을 방법은 없다.

기회는 딱 한 번.

누군가 움직임을 보이는 찰나.

그 순간이 가장 노리기 쉽다. 때문에 서로를 눈이 빠져라 노려만 보고 있는 게다.

"훗."

슈안이 가볍게 실소를 머금었다.

그가 머리카락을 쓸어 넘기며 입을 열었다. 말 한마디 한마디 나올 때마다 검은 밤공기에 하얀 입김이 섞여 나갔다.

"정말… 날 쏠 수 있다고 생각해?"

"물론."

"후후. 어떨까?"

순간 말이 떨어지기가 무섭게 슈안의 머리카락이 허공으로 솟아올랐다.

'무슨……!'

쐐에엑!

눈 깜짝할 사이에 슈안은 사야의 코앞에 다가섰다.

그러는 동안 사야는 손가락 하나 까딱할 수 없었다.

'빠, 빨라. 너무나 빨라.'

도저히 슈안은 자신이 감당할 수 있는 수준이 아니다. 원래 슈안이 이렇게 강했던가? 동료였을 때는 전혀 의식하지 못했는데 적이 되니 뼈저리게 느낀다.

슈안은 멀뚱멀뚱 서 있는 사야를 보며 손을 뻗었다. 그의
고운 손이 시위에 걸린 화살을 잡았다.

우지끈!

화살이 힘없이 토막 나버렸다.

슈안은 멍하니 서 있는 사야를 흘깃 보고는 몸을 돌렸다.
적을 눈앞에 두고 등을 보이다니.

하지만 사야는 그런 슈안을 보면서도 아무런 행동도 취할
수 없었다.

사야가 움직이는 순간, 슈안은 그보다 한 발자국 앞서 움직
일 게다.

지금까지 늘 그랬던 것처럼.

"영감님, 그만 숨을 거두어주셔야겠습니다."

"풰! 버르장머리를 밥 말아 처먹은 놈 같으니라고. 그게 어
르신에게 할 소리냐?"

"더 오래 살아봐야 좋은 모습 볼 게 없는 세상입니다."

루브르가 이맛살을 잔뜩 구겼다.

"네놈이 하찮은 재주만 믿고 기고만장했구나."

"하찮은 재주지만 영감님께 안식을 드릴 수 있을 정돈 됩
니다."

"킥킥킥, 재주 좀 볼까?"

루브르가 서서히 살기를 피워 올렸다.

그의 전신에서 시퍼런 오러가 스멀스멀 일어났다.

'살의?'

슈안은 잠시간 눈썹을 꿈틀거렸다.

분명 좀 전에 자신에게 올가를 내뻗을 때와 똑같은 살의다. 허세가 아니라 분명한 살의다.

루브르가 장갑을 꽉 눌러 끼며 말했다.

"이 몸이 의신을 잃을 각오로 네놈을 상대한다면 쉽지 않을 게다."

"허튼소리!"

슈안은 더 들을 게 없다는 듯 땅을 박차고 달려나갔다.

쒜에엑! 끼리리링!

그가 쏘아져 나가는 것과 동시에 루브르의 장갑 끝에서 올가 열 가닥이 어지럽게 내뻗어졌다. 슈안의 검과 올가가 서로 뒤엉키며 괴기한 마찰음을 내질러댔다.

범인이라면 소리만 듣고도 거품을 물었으리라.

주변을 가득 덮고 있는 눈 더미가 푸석푸석 소리를 내며 무너졌다. 마찰음 때문에 공명현상이 일어난 게다.

끼링! 끼리링!

슈안의 검날이 어지럽게 춤을 췄다.

그에 맞춰 루브르의 올가도 그물처럼 복잡하게 얽혀갔다. 승부는 쉽게 나지 않았다.

슈안이 유리할 것이라고 여겼다.

싸움을 지켜보는 모든 사람이 같은 생각을 했다.

한데, 결과는 뜻밖이다.

두 사람 모두 아슬아슬한 줄타기를 하는 것 같다. 둘 중 한 사람이라도 한 호흡만 흐트러지면 이승과 작별해야 하리라.

"루, 루브르……."

사야는 뒤늦게 정신을 차렸다.

루브르가 저렇게 강했던가?

놀란 사람은 그녀뿐만이 아니다.

주위에서 혈투를 벌이던 소화와 아바돈의 여인들, 그리고 병사들.

모두 본인들의 싸움을 잠시 잊을 만큼 두 사람의 싸움은 현란했다.

바닥에서 피로 물든 눈꽃이 피어오르고, 검과 올가가 정신없이 뒤엉킨다.

하지만 두 사람 중 피를 흘리는 자는 없다.

만약 여기서 먼저 피를 흘리는 자가 있다면 그자가 죽음을 면치 못하리라.

'어째서! 어째서 이런 영감이!'

슈안은 점점 마음이 조급해졌다.

이런 싸움이 되어서는 안 될 터다.

월랑의 동료들 중에 가장 위험한 자로 여긴 사람은 소화다.

그다음이 이카렌이다.

한데 안중에도 없던 루브르에게 검로가 모두 막히고 있다.

어찌 된 일인가!

"아!"

사야는 때늦은 탄성을 내질렀다.

그랬다.

루브르는 지금까지 단 한 번도 살기를 피워 올린 적이 없었다. 월랑을 만난 이후 그녀가 기억하는 한, 그는 단 한 차례도 살기를 띠지 않았다.

그러니 그의 본 실력을 확인한 사람은 아무도 없다는 게 정확한 말이다.

어쩌면 루브르 본인도 스스로의 실력이 어느 정도인지, 혼신의 힘을 다해서 덤비면 얼마나 강한지 알지 못하리라.

단, 하나는 분명히 안다.

절대로 살인을 해서는 안 된다는 것.

월랑은 루브르에게 무슨 일이 있어도 살인을 하지 말라고 했다. 부적으로 끌어올린 의신의 능력은 정신력과 밀접한 관계가 있다. 모든 부적이 그렇듯 영이 흔들리게 되면 효력은 절반 이하로 떨어진다.

만약 루브르가 살인을 할 경우, 그의 영은 그 사실을 각인하게 된다. 그렇게 되면 의신의 재능은 사라지고 만다. 사람을 죽인 경험과 살려야 하는 의무감이 서로 영적으로 마찰을 일으키는 게다.

한데 지금 루브르는 살인을 저지르려고 하고 있다.

만약 이대로 계속 싸움이 진행되면 누가 이길까? 누가 죽을까?

사야는 천천히 고개를 가로저었다.

한 치 앞도 알 수 없는 싸움. 어쩌면 영원히 지속될 것 같은 싸움이다.

그렇게 내버려 둘 수는 없다.

월랑의 상처도 빨리 치료해야 한다. 이카렌도 살려야 한다.

더구나 슈안을 죽인다고 하더라도 문제다.

루브르가 의신의 재능을 잃게 되면 월랑과 이카렌은 누가 살리나.

문제는 또 있다.

루브르가 살인을 할 경우, 그에게 돌아가는 재앙이 단지 의신의 재능을 잃는 게 전부인지 알 수가 없다. 월랑은 애초에 살인할 생각은 꿈에도 꾸지 말라고 못 박았다.

'말려야 해!'

사야는 루브르를 보며 활을 움켜잡았다.

루브르의 안광은 시뻘겋다 못해 검붉은 핏빛을 띠고 있다. 어쩌면 지금의 루브르는 폭주 상태라고 봐도 과언이 아니리라.

"둘 다 멈춰!"

사야가 새된 목소리로 외쳤다.

하지만 두 사람의 귀는 이미 닫힌 지 오래다. 아니, 그 반대다. 활짝 열려 있다. 단, 싸우고 있는 상대에게만 모든 신경이 집중된 상태다.

검이 허공을 가르는 소리, 올가가 엉키는 소리, 공기를 베어내는 소리, 두 병기의 마찰 소리.

사야는 화살을 시위에 메겼다.

두 사람 사이로 화살을 쏘아서라도 싸움을 멈추게 할 생각이다.

패앵!

쒜에엑!

파공음을 일으키며 화살이 날아갔다.

"방해다!"

루브르가 날카롭게 소리치며 올가 한 가닥을 움직여 화살을 튕겨냈다.

한데 그 순간 슈안의 안광이 번뜩였다.

"그만하시오!"

"어딜!"

올가 열 가닥이 다시 슈안을 향해 쏟아졌다. 하지만 슈안은 마치 올가 사이를 미끄러지듯이 파고들었다. 루브루는 검날을 슈안의 목젖으로 밀어내며 승리를 확신했다.

'걸렸군.'

"킬킬, 걸렸다고 생각하는 게냐?"

'뭣?'

순간 달려들던 슈안의 걸음이 멈칫했다.

'올가가!'

루브르가 서 있는 앞으로 올가 수십 가닥이 그물처럼 쳐져 있었다.

"클클, 네 녀석은 내 올가가 몇 미터라고 생각하느냐?"

슈안은 대답 대신 미간을 구겼다.

10미터다.

분명히 루브르의 올가는 언제나 10미터까지만 뻗어나갔다.

물론 그것까지 계산에 넣어서 움직였다.

루브르 정도의 고수가 된다면 오러만을 이용해서 올가를 자유자재로 움직이는 게 가능하다.

때문에 10미터라는 범위 안에서는 늘 경계 태세를 갖춰야 한다.

"비겁하군요."

"비겁? 클클. 치고받고 싸우는데 비겁한 게 어딨어? 늙은 이에게 칼을 들이대는 건 정당한 거냐?"

슈안은 가만히 검을 내렸다.

이미 승패는 결정이 난 것이나 다름없다.

루브르에게 빈틈이 있어서 달려들었다.

한데, 루브르의 앞은 이미 수 가닥의 올가로 촘촘하게 그물이 쳐져 있었다.

만약 그대로 돌진했더라면 팔이나 다리 중 하나는 그 그물에 걸려 절단됐을 게다.

"올가의 길이가 10미터 이상이었군요."

"킬킬, 올가는 20미터. 이번에 저 계집을 낚아채 가려고 좀 늘렸거든."

슈안은 눈을 내리감았다.

억울할 것도 없다.

루브르의 말대로 비겁하다는 말은 패배자의 투정에 불과하다.

싸우기 전에 예상했어야 했다, 올가의 길이는 얼마든지 달라질 수 있다는 것을.

"클클, 그럼 네 목을 취하도록 하지."

루브르가 입꼬리를 히죽 치켜올렸다.

슈안을 둘러싸고 있는 올가들이 넘실거린다. 당장에라도 팔방에서 슈안을 옥죄어 토막을 내버릴 것만 같다.

끼럭, 끼럭.

쒜에에엑!

찰나, 올가 끝에 메인 니들이 섬광처럼 날아갔다. 이어서 열 가닥의 올가가 무서운 속도로 슈안을 옥죄어갔다.

"안 돼!"

사야가 눈을 질끈 감고 소리쳤다.

슈안의 죽음 때문이 아니다. 그의 죽음으로 치러야 할 대가가 너무나 크다.

루브르의 재능은 말할 것도 없다. 윌랑과 이카렌마저 잃을 수도 있다.

하지만 이미 폭주 상태에 들어간 루브르가 사야의 말을 들을 리가 없다.

그런데 그때,

파앙!

끼리리링! 끼링!

"큭! 웬 놈이냐!"

루브르가 고개를 홱 돌리고 소리쳤다.

쒜에엑!

상대는 대답 대신 번개처럼 신형을 날렸다.

퍼억!

"컥!"

복부를 얻어맞은 루브르가 바닥에 엎어지며 피를 울컥 토해냈다.

"이런, 바보 같은……."

폭주를 하던 루브르의 눈동자가 서서히 제 색깔을 찾아갔다.

그는 도저히 믿을 수 없다는 표정으로 상대를 바라보았다.

"네놈, 누구기에 올가를 손으로……."

그제야 주위의 다른 사람들도 사내가 올가를 손으로 움켜잡고 있다는 걸 눈치챌 수 있었다.

사내가 나타난 찰나는 루브르가 올가로 슈안을 죽이려고 할 때였다.

그처럼 빠른 속도로 옥죄어져 가는 올가를 손으로 잡았다는 것은 상식에 어긋난다. 오러의 힘을 조금만 얻어도 강철마저 절단해 버리는 올가다.

그런데 맨손으로 잡다니!

도대체 이자는 누군가.

난데없이 나타난 금발의 사내. 그는 무심한 표정으로 루브르를 바라보다가 몸을 돌려 슈안을 응시했다.

"시, 시리우스님."

슈안은 한쪽 무릎을 털썩 꿇었다.

"면목없습니다."

"자책은 나중에. 우선은 여길 떠나도록 하지요."

"떠나다니, 누구 마음대로!"

루브르가 버럭 소리를 내지르며 올가에 오러를 불어넣었다.

하지만 이미 사내의 손에 잡힌 올가는 아무런 힘도 발휘하지 못하고 그저 꿈틀거리는 게 전부였다.

시리우스는 올가를 쥐고 가볍게 휘둘렀다.

휘익!

쿠당탕!

그러자 올가에 이끌린 루브르가 도리어 성벽으로 날아가 처박히며 또 한 번 피를 토했다.

"커억!"

"루브르!"

사야가 비명처럼 소리쳤다.

'말도 안 되는……'

있을 수 없는 일이다. 올가를 보호 장갑도 없이 손으로 쥐었다. 게다가 힘으로 휘둘러댄다. 가당키나 한 일인가!

쒜에엑!

찰나지간 사방에서 소화를 비롯한 여인들이 사내를 향해 쏟아져 나갔다.

"그만."

사내는 조용히 그렇게 중얼거렸다.

그리고 정말 누굴 말리기라도 하는 것처럼 손바닥을 펼쳐 불쑥 뻗었다.

터터텅!

"큭!"

"꺅!"

오히려 공격한 여인들의 입에서 비명성이 터져 나왔다.

내력에 손상을 입었는지 몇 여인은 피를 한 움큼씩 토해냈다.

'어, 엄청난 양의 오러를······!'

사야는 어깨를 떨었다.

사내는 분명히 손만 뻗어서 여인들의 공격을 막아냈다. 오러를 대량으로 발산하면서 일종의 방어막을 형성한 것이다. 저게 인간이 할 수 있는 경지란 말인가.

게다가 도검 불침의 신체.

이계인 중 내력을 막강하게 쌓은 자들은 도검 불침의 신체를 가지기도 한다고 들었다.

한데, 올가만큼은 불침이 아니다.

올가는 사용하는 자의 숙련도에 따라서 도검마저 자르는 최강의 병기다.

올가는 눈에 보이지도 않을 만큼 예리한 칼날이라고 보면 된다. 그런데 그런 올가도 먹혀들지 않았다.

저자, 사람이기는 한 건가?

저런 자를 상대로 우리가 싸워야 하는 거야?

사야는 입술을 질끈 깨물고 사내를 경계했다. 이제는 어쩐다. 산 넘어 산이라더니, 정말로 넘을 수 없는 산이 나타나 버렸다.

그런데 천만다행히도 사내의 입에서 나온 소리는 희망적이었다.

"오늘은 썩 유쾌한 날이 아니군요. 오늘은 여기까지만 어울리도록 하지요."

"시, 시리우스님!"

"슈안, 책임을 느낀다면 이쯤에서 물러서는 게 좋지 않겠습니까?"

"아, 알겠습니다."

슈안은 고개를 숙였다.

시리우스는 여전히 바츠를 옆구리에 낀 채 천천히 걸음을 옮겼다. 하늘로 솟지도 않고 바람처럼 달려나가지도 않았다.

마치 지나가던 행인이 갈 길을 가는 것처럼 천천히 걸음을 옮겨갔다.

하지만 그걸 지켜보던 누구도 그를 막을 수 없었다.

그가 어둠 속으로 완전히 사라질 때까지 마수들은 손가락조차 까딱하지 못했다.

Chapter 2

Charm 참마스터
Master

미명이 밝아왔다.

하지만 구름으로 가득 뒤덮인 하늘은 여전히 어둡다.

하룻밤 사이에 내린 눈은 이제 무릎까지 덮을 지경이다.

시리우스는 안아 들고 있던 바츠를 하얀 눈밭 위에 내려놓
았다.

몸 여기저기에 생긴 검은 반점. 피부는 독기의 영향을 받아
뱀이 허물 벗듯 벗겨지고 있었다.

시리우스는 물끄러미 바츠를 내려다보았다.

그의 눈동자는 많은 감정을 담고 있었다.

"벗이여……."

시리우스의 고운 손길이 바츠의 얼굴과 어깨를 쓰다듬었다. 그는 마치 연인이 사랑하는 사람을 바라볼 때처럼 애틋한 표정을 지었다.

살릴 수가 없다.

바츠는 이제 곧 죽을 것이다.

방법이 아예 없는 건 아니다. 무리를 해서라도 마약을 쓴다면 살릴 수도 있다. 피부는 순식간에 재생될 것이고, 피부는 강철처럼 단단해지리라.

대신 이성과 감성을 완전히 잃을 게다. 동물보다도 못한 지능으로 살게 되리라.

그렇게 살게 하고 싶지는 않다.

이대로 보내주는 것이 바츠를 위해서도 좋은 일이리라.

"제 생각이 짧았습니다."

털썩.

슈안은 시리우스의 등을 보며 눈밭 위에 무릎을 꿇었다.

"일어나세요."

시리우스가 여전히 바츠를 내려다보며 나긋한 목소리로 대꾸했다.

"하지만 제가 저지른 잘못이……."

"중요한 건 미래입니다. 자신을 너무 낮추지 마세요."

"…시리우스님."

"당신은 새 시대를 열어나가야 할 중요한 존재입니다. 바츠를 잃은 만큼 이제 내게 남은 건 슈안 당신뿐입니다."

슈안은 고개를 더욱 깊이 숙였다.

그리고 주먹을 꽉 말아 쥐었다.

어떻게 이런 실수를 저지를 수가 있나. 좀 더 철저하게 대비해야 했다. 수년간 월랑을 곁에서 두고 봤으면서도 그가 얼마나 치밀한지 잊었다.

상황이 끝나고 나니 대충 가닥이 잡힌다.

아마 월랑은 자신의 배반을 짐작하고 있었으리라. 그리고 사야에게 미리 언질도 해두었으리라.

속았다.

아니, 속였다고 착각하고 있었던 게다.

오히려 자신이 당하고 말았다.

이번 싸움은 겉보기엔 승자도 패자도 없는 것 같지만, 엄밀히 따지자면 슈안은 패자가 된 셈이다.

자신은 루브르에게 목숨을 빚지고, 바츠는 목숨을 잃기 직전이다.

물론 이카렌을 죽이긴 했지만, 바츠의 목숨과 맞바꾸기에는 그 가치가 훨씬 떨어진다.

'빌어먹을.'

슈안은 이를 빠득 갈았다.

"오늘의 완패가 당신을 더욱 강하게 키우길 바랍니다."

시리우스의 부드러운 손길이 슈안을 일으켰다.

"죄송합니다."

슈안은 다시금 눈을 질끈 감고 말했다.

시리우스는 가만히 미소를 지으며 고개를 가로저었다. 그리고 다시 몸을 돌려 차가운 눈밭에 누워 있는 바츠에게로 걸어갔다.

그는 걸음을 옮기다 말고 잠깐 멈춰 서서 잊고 있었던 것을 말하듯 입을 열었다.

"혹시 해서 말합니다. 이카렌이라는 그자, 살았을 것입니다. 사야라는 여자, 교활한 여우더군요."

슈안은 쇳덩이로 뒤통수를 얻어맞은 것처럼 입을 쩍 벌리고 말았다.

'이카렌이 살아 있다니! 분명히 사야가 화살을…….'

그제야 사야의 행동과 루브르의 행동이 주마등처럼 머릿속을 스치고 지나간다.

'완패.'

시리우스는 완패라고 말했다.

조금 전까지 그 말뜻을 이해 못하고 있었는데 이제 확실히 깨달았다.

잃은 것은 크고 얻은 것은 아무것도 없는 싸움이었다.

'제길!'

슈안은 몸속에서 끓어오르는 오러를 억누르기 위해 안간힘을 썼다.

하지만 다음 순간, 꺼져 가는 촛불처럼 희미한 목소리가 들리고 나서 슈안은 가까스로 분을 삭였다.

"시리우스……."

"바츠, 정신이 들었는가?"

시리우스는 바츠가 누운 자리 옆에 앉았다.

"그 녀석, 많이 컸더군요."

"세월이 흘렀으니까."

시리우스는 회색빛 하늘을 올려다보며 대꾸했다.

바츠는 옆에 앉아 하늘을 올려다보는 시리우스를 힐끗 쳐다보고는 말을 이었다.

"죄송합니다. 실수를 하고 말았습니다."

"실수라……. 마지막 순간에 거짓말을 하지는 마."

"시리우스……."

"자네는 절대로 그런 실수를 할 사람이 아니야. 내 말이 틀렸나?"

"역시… 못 당하겠습니다."

바츠는 피식 실소를 뱉었다.

시리우스는 여전히 하늘을 올려다보며 지그시 미소 지었다.

"그동안 따라주어서 고마웠어."

바츠는 다시 앉아 있는 시리우스의 등을 보았다.

그는 대답 대신 하늘로 눈길을 돌리고 한참을 침묵했다. 그리고 침묵이 어색해질 만큼 긴 시간이 흘렀을 때, 가까스로 입을 열었다.

"그만… 괜찮지 않습니까?"

"아니. 아직."

"악순환의 연속일 뿐입니다."

"그렇다고 하더라도 멈추기에는 너무 많은 길을 걸어와 버렸어."

"늦지 않았습니다."

"진부한 위로를 할 생각이라면 그만두게. 나는 이제 그 아이를 지켜볼 테니까. 앞으로 즐거운 놀이를 하면 그만이니까."

"하지만 당신의 눈은 그다지 즐겁지 않아 보이는군요."

"독심술이라도 쓰는 건가? 내 눈을 보지도 않으면서 잘도 말하는군."

바츠는 천천히 눈을 내려감았다.

"죽음이 가까워서 그런지… 당신의 눈이… 보입니다. 금방이라도 떨어질 듯한 눈물이……."

바츠는 그 말을 끝으로 더 이상 아무런 말도 꺼내지 않았다. 그의 코끝에서 희미하게 뿜어지던 숨결도 이내 멎어버렸다.

시리우스는 눈을 감았다.

'자네는 거짓말만 늘었어.'

별안간 그가 고개를 꺾어 들고 대소를 터뜨렸다.

"하하하, 하하하하!"

신명나게 웃는 시리우스의 뺨에 이슬 한줄기가 흘러내렸다.

*   *   *

루브르는 창밖으로 지나다니는 행인들을 내려다보며 술을 들이켰다.

그는 아침에 일어나서 줄곧 창가를 떠나지 않은 채 술만 마셨다.

아모스 성을 침투한 날로부터 보름이 흘렀다.

그날 시리우스가 떠난 후, 성에 남은 병사들은 사기를 잃고 뿔뿔이 흩어져 도망갔다.

마수들은 그대로 아모스 지역에 머물러 휴식했다.

오랜만에 긴 휴식을 가진 셈이다. 그동안은 수련도 하지 않았다.

처음 일주일 동안은 월랑과 이카렌을 살리기 위해 잠 한숨 제대로 못 자고 치료만 했다.

그리고 지난 한 주간은 느긋하게 쉬었다.

하지만 마음은 여전히 불편하다.

몸은 쉬고 있지만 머리가 쉬질 못하는 게다.

아모스 성에서의 싸움. 취할 건 취하고 포기할 건 깔끔하게
포기했다.

결과적으로 보면 이긴 싸움이다.

월랑은 그토록 복수하고자 했던 바츠라는 자를 죽이는 데
성공했다.

그건 루브르가 확신할 수 있다.

시리우스라는 남자가 안고 있던 바츠.

그 정도의 중독이라면 그야말로 신이 아니고서야 살릴 수
없다. 살린다고 하더라도 평생 누워서 천장만 바라보고 살아
야 할 게다.

하지만 마약을 쓴다면?

루브르는 가만히 고개를 저었다.

시리우스라는 자가 바츠에게 마약을 사용할 것 같지는 않
았다. 그가 바츠를 내려다볼 때의 눈빛을 상기해 보면 그건
확신에 가깝다.

오랜 세월을 살면서 쌓인 직감이라고 해도 좋다.

바츠는 분명히 죽었을 게다.

'한데 도대체 어디서 그런 괴물이…….'

시리우스를 떠올리자 루브르는 문득 양 팔뚝에 소름이 돋
았다.

완벽하게 인간의 형상을 하고 있는 괴물.

과거 드래곤이라는 종족이 시리우스와 같지 않았을까?

올가를 손으로 낚아채고 도검이 불침하는 신체라니.

그런 자는 무슨 수로 죽여야 하나.

"훗."

루브르는 문득 실소를 내뱉으며 술을 들이켰다.

사람을 살려야 하는 천직을 가진 자신이 누군가를 죽일 궁리부터 하는 게 아이러니하다.

하지만 분명 그 시리우스라는 자의 등장으로 인해 마수들의 사기가 떨어진 것만은 틀림없다.

"후우~"

저도 모르게 한숨이 흘렀다.

때마침, 문밖에서 기척이 들렸다.

"루브르, 안에 계세요?"

"들어와."

소화가 문을 열고 들어왔다.

그녀가 루브르의 손에 들린 술병을 보고는 눈을 곱게 흘겼다.

"월랑이 깨어나지 않았다고 너무 많이 드시는 것 아니에요?"

"킬킬, 이럴 때 아니면 언제 마셔보겠어?"

소화가 살포시 웃고는 대답했다.

"단원들이 모두 돌아왔어요."

"결과는?"

"후우~ 생각보다 심각해요. 제국 각지에서 몬스터가 들끓고 있는 것 같아요."

"몬스터가 늘고 있다는 말?"

"아마도요."

"이것들이 정말 끝장을 볼 생각인가?"

술맛이 떨어진다.

루브르는 소화를 올려다보고 물었다.

"그래서 진행 상황은 어때?"

"용병단원은 늘고 있긴 하지만 아직 역부족이에요. 몬스터가 급증하는 탓에……."

"제길!"

시리우스라는 자.

루브르의 직감이 틀림없다면 이 모든 일을 계획하고 진행하는 자는 시리우스일 게다.

'그자, 정말 인류를 멸망시킬 생각이야. 도대체 왜!'

루브르는 고개를 세차게 저었다.

여기서 이유를 찾아서는 안 된다. 그건 이미 월랑이 숱하게 해온 질문이다. 그 때문에 일이 이 지경까지 오지 않았나.

중요한 건 대처다.

"월랑은?"

"아직……."

소화가 고개를 가로저었다.

"제길!"

"사야가 계속 간호하고 있지만 아직 의식이……."

"니미럴! 지금 며칠째 잠이나 퍼자고 있을 때가 아니건만!"

"마스터에게도, 아니, 월랑에게도 안식이 필요할 거예요."

"그만큼 쉬었으면 됐어!"

루브르는 벌떡 일어났다.

월랑이 깨어날 때가 됐다.

자신의 계산이 맞는다면 월랑은 오늘쯤 깨어나야 한다. 월
랑의 회복 속도는 놀라울 정도로 빠르다.

아마도 영공 수련의 덕택이리라.

하지만 그러면 뭐 하나.

산 넘어 산이라더니, 정말 넘을 수 없는 산이 나타났는데!

마수들의 실력이 한 차원 높아지면 적들은 또 그만한 고수
들이 나타난다. 이제는 지친다. 아무리 올라가도 정상이 보이
지 않는 산은 정복 욕구가 사라지게 마련이다.

눈앞에 봉우리가 보여야 올라가든지 포기를 하든지 할 것
아닌가.

"깨워야겠어."

"하지만 무리를 하면……."

루브르는 소화의 말을 듣지도 않고 걸음을 옮겼다. 그가 막
방문을 열고 나가려는 찰나,

"루브르!"

사야가 벌컥 문을 열고 뛰어들어 왔다.

"계집아, 노크도 할 줄……!"

"깼어!"

"뭐?"

"월랑이 눈을 떴어!"

실내는 쥐 죽은 듯 조용했다.

월랑에게 거침없이 걸어온 루브르도 막상 방 안에 들어선 순간, 입술이 천근만근이라도 된 듯 벙어리가 됐다.

월랑은 침대에 앉아 창밖을 보고 있었다.

"끄음."

루브르가 답답함을 참지 못하고 침음을 흘렸다.

월랑이 고개를 돌려 루브르를 힐끗 보고는 다시 창가로 시선을 돌렸다.

결국 루브르가 버럭 소리쳤다.

"이것아! 깨어났으면 아무 말이라도 해야 할 것 아냐!"

그제야 월랑이 루브르와 시선을 마주쳤다.

"저어… 누구신지……."

"뭐, 뭣?"

"누구시기에 제게 화를 내시는 건지……."

순간 루브르는 두 눈을 찢어질 듯 부릅떴다. 그뿐만 아니라 소화와 사야도 서로를 보며 기가 막힌 표정을 지었다.

이건 뭔가? 기억 상실?

이런 어이없는 일이 있을 수가 있나!

가만, 월랑이 머리를 다쳤던가?

루브르는 고개를 세차게 가로저었다.

아니다. 그럴 리가 없다.

자신이 누군가?

의신이다.

척 보기만 해도 병명과 원인을 찾아낼 수 있을 정도다.

월랑은 머리를 다친 적이 없다.

그렇다면 정신적인 충격?

어쨌거나 난감한 상황이다. 이걸 어떻게 설명해야 하나.

"에… 그러니까… 지금 내가 누군지 모르겠다는 말이냐?"

루브르가 난감한 표정을 지우지 못하고 또박또박 물었다. 월랑은 멍한 표정으로 고개를 끄덕였다.

"나 참, 미치고 환장하겠네. 이걸 어떻게 설명해야 하나? 그러니까 나는 말이야, 루브르라고 하는데, 의신이야. 의신이 뭐냐면 말이야, 무슨 병이든 고칠 수 있는… 아니, 그게 아니고. 아, 니미럴! 미치겠군, 이거."

"쿡, 쿡쿡, 하하하!"

돌연 월랑이 웃음을 토해냈다.

루브르는 한동안 멍한 표정으로 월랑을 보았다.

'뭐가 웃긴 거지? 내가 뭐 웃긴 말이라도 했나? 이거… 혹시……!'

뒤늦게 상황을 눈치챈 루브르가 얼굴이 시뻘게진 채 버럭 고함을 내질렀다.

"이 우라질 망나니 같은 놈아! 어르신 놀리니까 재미있냐!"

"하하하, 루브르, 하하, 미, 미안. 쿡쿡."

그제야 상황을 이해한 사야와 소화도 월랑을 쏘아보았다.

"이 자식아, 지금 농담이 나와? 너 걱정한 사람들 바보 만드니까 좋아?"

"월랑… 참, 짓궂어요."

"쿡쿡, 다들 미안해."

"니미럴! 미안한 것 알면 당장 무릎 꿇고 사죄라도 해!"

"나… 환잔데?"

"빌어먹을 놈 같으니라고."

"쿡쿡."

월랑은 그러고도 한동안 웃음을 멈추지 못했다.

한참이 지나고 나서야 루브르가 툭 던지듯 말을 뱉었다.

"그래, 상황 정리는 돼?"

그의 물음에 월랑이 정색을 하고 되물었다.

"얼마나 잠든 거지?"

"보름이다. 보름이나 못 깨어났어. 기억은 하냐?"

"바츠를 죽인… 아, 시리우스!"

월랑은 말을 하다 말고 이불을 콱 말아 쥐었다.

금발의 긴 머리카락.

그는 조금도 변하지 않았다. 예전 그대로의 모습.

그런데 잠깐,

'어째서지?

문득 월랑은 두 눈을 부릅떴다.

왜 지금까지 그걸 이상하게 생각하지 않았을까?

처음 보았을 때부터 당연하게 여겼다.

하지만 지금 생각해 보면 전혀 당연한 일이 아니지 않은가!

시리우스는 늙지 않았다.

그렇다. 그는 예전 모습 그대로다. 정확히 15년 전 모습을 그대로 유지하고 있었다.

마치 어제 만난 사람처럼 조금도 변함없이.

바츠도 늙어서 중년이 되었건만, 어째서 그는 조금도 변하지 않았단 말인가.

'마약!

젊음을 유지시키는 마약.

떠올릴 수 있는 건 그 방법뿐이다.

한편, 월랑의 격한 반응에 루브르가 넌지시 물었다.

"역시 인연이 있는 놈이더냐?"

"내 스승."

월랑의 말에도 마수들은 별로 놀란 기색을 보이지 않았다. 모두 짐작하고 있었다는 표정이다.

"역시 그놈이 그놈이었군. 네 스승들은 왜 다들 그 모양인 게야?"

"이카렌은?"

"아직. 간간이 깨어나긴 하지만 금방 다시 의식을 잃어버려. 서너 번은 저승길에 다녀왔을 게야."

"죽지 않았다니 다행이군."

루브르는 사야를 힐끗 보고는 대꾸했다.

"계집이 그래도 살 하나는 잘 쏘잖아. 급소만 교묘하게 피했더라고."

"아바돈 용병단 활동은 어때?"

"용병단원의 수는 늘고 있는 추세. 그런데 문제는 제국 각지에 들끓는 몬스터의 수가 훨씬 많다는 것. 이곳 아모스는 아직 괜찮지만, 좀 살 만한 곳이라면 거의 초토화됐다더군."

월랑은 입술을 잘근 씹었다.

보름이라…….

너무 오랫동안 의식을 잃고 있었다.

물론 그사이에 몇 번은 깨어났으리라.

하지만 기억이 나지 않는다.

보름 사이에 이토록 많은 일이 진행되고 있었다니.

루브르가 조심스레 말을 꺼냈다.

"늘 같은 말이라 미안하지만 말이야, 이제는 정말 어떻게……."

"막아야지."

루브르가 미간을 찌푸렸다.

"정말 세상이라도 구할 생각이야?"

"그런 정의감에 불타서가 아니야."

"그럼?"

"왠지 내가 가만히 있으면 안 될 것 같아서. 그냥 느낌."

"그놈의 느낌 때문에 벌써 몇 번이나 죽었다 깨어났는지는 알아?"

"그래도 해야겠어. 어차피 도망간다고 해도 인류가 멸망한다면 소용없는 짓이잖아?"

"어디 다른 나라로 가서 숨어 살면 제 목숨 다할 때까진 살지 않겠냐?"

"그래서 말인데, 이제는 정말 원한다면 빠져도……."

"됐다, 됐어! 말을 말아야지, 원! 무슨 말만 하면 말이 그리로 빠져! 니미럴!"

"훗, 미안하군."

"그런 소리 듣자고 말한 게 아니다. 네놈이 안쓰러워서 그래, 이놈아."

"고마워, 루브르."

"에그, 이런 화상이랑 말을 섞은 내가 미쳤지. 그래, 죽은

먹을 수 있겠어?"

월랑이 씩 웃었다.

"배고파 죽겠어."

말이 떨어지자마자 사야가 몸을 돌려 방을 나갔다.

월랑은 창가로 시선을 돌리며 말을 이었다.

"빨리 몸 좀 다스려서 부적을 써야지. 이카렌이 조금이라도 빨리 의식을 차리게 말이야."

"대책은 있는 게지?"

월랑은 한참이나 기다리게 하고 나서야 겨우 알 듯 말 듯 고개를 끄덕였다.

"아마도."

*   *   *

끼기기긱, 쿠쿵!

낡은 기둥 위에 겨우 몸을 지탱하고 있던 지붕이 육중한 소리를 내며 무너졌다. 풀썩 일어난 먼지는 이내 주위를 자욱하게 메웠다.

고요.

예전 같았으면 여행객과 상인들로 붐볐을 도시다.

한데 지금은 적막하기 이를 데 없다.

대로를 따라서 길게 늘어서 있던 여관집과 술집은 모두 폐

가로 변했다.

휘이이잉, 끼이익.

스산한 바람이 불었다.

반쯤 열린 창문이 몸살을 앓듯 시름시름 신음을 흘렸다.

더 이상 사람이 살지 않는 곳, 죽음의 그림자만이 짙게 드리워진 곳.

당장에라도 수상한 무언가가 튀어나올 것만 같은 대로다.

만약 누군가 지나가다가 이 거리를 보았다면 곧바로 발길을 돌렸으리라.

특히 지금처럼 해가 저물어가는 시점이라면 더더욱.

저벅저벅.

그런데 보기만 해도 등골이 오싹해지는 이 거리를 거침없이 걸어가는 자가 있었다.

암갈색 후드 망토를 푹 눌러쓰고 대로를 걸어가는 자.

그는 대로 한가운데에 멈춰 서서 까칠한 턱수염을 한번 쓰다듬었다. 그리고 주위를 휘이 둘러보고는 낮게 침음을 흘렸다.

"흐음……."

부시럭.

부스럭.

사방에서 미세한 기척이 점점 다가오고 있다.

범인이라면 이렇게 미세한 기척을 눈치채기는 힘들리라.

하지만 사내에게는 가늘게 내뱉는 호흡조차 고스란히 느껴졌다.

"그르르르……."

이윽고 건물 모퉁이에서 검고 커다란 물체가 모습을 드러냈다.

툭 불거져 나온 눈알, 아이 팔뚝만 한 송곳니, 끈적하게 흘러내리는 침, 사내보다 머리 서너 개는 더 얹어도 될 만큼 우람한 덩치.

흉측하기 짝이 없는 괴물이다.

"쯧쯧."

남자는 길을 막고 선 몬스터를 보고는 혀를 끌끌 찼다.

"불쌍한……."

지금 누가 누구를 동정하는 건가.

남자는 자신의 위기감을 전혀 감지하지 못한 듯 사납게 그르렁거리는 몬스터를 보며 안쓰러운 표정을 지었다.

몬스터의 귀가 움찔 치켜올라 갔다.

뭔가 알아듣기라도 한 걸까?

아마도 본능에 의한 움직임이리라.

"크르르르."

몬스터가 호흡을 내뱉을 때마다 허연 입김이 훅훅 불어 나왔다.

부스럭부스럭.

"그르르르."

"그르릉."

어느새 남자의 주위를 가득 메우며 몬스터들이 나타났다. 눈대중으로 보아도 대략 십여 마리.

남자는 가볍게 한숨을 내쉬었다.

"조금만 더 가면 아일론 시에 도착하는데……."

그는 자신을 포위한 몬스터를 둘러보면서도 태연하게 중 얼거렸다.

도무지 위기감을 느끼지 못하는 남자다. 그저 귀찮은 일이 생겼다는 태도.

그 사실에 몬스터들이 화라도 난 것일까?

앞을 가로막고 있던 몬스터가 포효를 내지르며 달려들었 다.

"크르렁!"

"크르르릉!"

사방에서 득실거리던 몬스터들이 동시에 남자를 향해 덮 쳐들었다.

뿐만 아니라 건물 유리창을 깨고 나타나는 몬스터, 지붕에 서 뛰어내리는 몬스터, 멀리서 달려오는 몬스터까지.

순식간에 남자는 수십 마리의 몬스터에 둘러싸였다.

"후!"

남자는 실소인지 한숨인지 모를 콧김을 뱉고는 양팔을 활짝 펼쳤다.

쏴아아아아!

웨에에에엥!

그의 품과 소매, 후드 안에서까지 무수한 벌레들이 튀어나왔다.

하늘을 나는 벌과 나방, 모기 등.

그리고 땅을 기는 온갖 벌레들.

모두 평범한 벌레로 보기에는 무척이나 컸다.

순식간에 하늘은 먹구름이라도 낀 것처럼 검어지고, 땅은 푸른빛으로 물들었다.

"쿠에에엑!"

"쿠우우우!"

벌레들은 인근의 또 다른 벌레들을 끌어모았다. 그 벌레는 또 다른 벌레들을 끌어모았다.

몬스터의 피부를 뚫고 들어간 청개미가 혈맥을 따라 기어 다닌다. 눈과 코와 입에서 청개미가 마구 쏟아져 나온다.

바퀴벌레의 일종인 청바퀴는 몸속으로 파고들어 뼈까지 깎아 먹는다.

사내의 주위에 잔뜩 들끓던 몬스터들은 순식간에 벌레들의 한 끼 식사가 됐다.

*   *   *

"그래도 여기는 괜찮은 모양인데?"

루브르가 주위를 둘러보고는 중얼거렸다.

마수들은 아일론 시의 남쪽 대로를 걷고 있었다.

윌랑이 깨어나고 나서 사흘 후 이카렌이 깨어났다. 윌랑의 부적으로 인해 기력을 빨리 보강할 수 있었기 때문이다.

마수들은 이카렌이 깨어나고 나서 일주일 만에 아모스를 떠났다. 그리고 지금 이곳 아일론에 도착한 것이다.

도시는 평온했다.

여느 때와 다름없이 개장한 상점과 식당, 거리를 오가는 많은 사람들.

마수들은 대로를 걸어가며 이상할 정도로 평온한 도시를 연신 두리번거렸다.

"그런데 좀 이상하지 않나요?"

제일 먼저 의혹을 제기한 사람은 소화였다.

"이상하다니? 어디가?"

루브르가 미간을 찡그리며 반문했다.

물건을 사는 아주머니, 거리를 뛰어다니는 아이, 바삐 걸음을 옮기는 남자들.

딱히 이상한 곳을 고를 수가 없지 않나.

그런데도 소화는 이맛살을 곱게 구기며 대꾸했다.

"뭐라고 딱히 말하기는 힘든데… 뭔가 이상해요."

"무슨 말이 그렇게 두루뭉술해? 기분 탓이겠지."

"아니, 확실히 이상해."

이번엔 사야가 불쑥 나서서 말했다.

그녀가 날카롭게 주위를 훑어보며 말을 이었다.

"정말 이상하다는 걸 못 느끼겠어?"

"뭐, 그야… 지나치게 차분한 느낌은 들지만… 시기가 뒤숭숭하니까……."

"아무리 차분한 거리라고 하더라도 이렇게 많은 사람이……."

"많은 사람이?"

"한결같이 무표정할 수는 없잖아."

그제야 루브르는 입을 쩍 벌리고 주위를 둘러보았다.

물건을 파는 사람, 사는 사람, 거리를 오가는 사람, 뛰어다니는 아이들.

그러고 보니 이들은 감정이 없는 것처럼 무표정하다.

"어, 어떻게 이런 일이……."

루브르의 등줄기에 식은땀이 흘렀다.

위화감. 알 수 없는 위화감의 정체를 파악하게 되자 소름이 끼친다.

"쳇, 기분 더럽게 만드는 곳이야."

지금껏 잠자코 침묵하던 이카렌이 침을 탁 뱉었다.

순간 거리의 모든 사람들이 마수들을 향해 시선을 모았다.

"뭐, 뭐야?"

이카렌이 창을 움켜쥐고 뒤로 움찔 물러났다.

겁이 나서가 아니다.

도무지 이해할 수 없는 사람들의 행동 때문이다.

무표정한 얼굴로 쳐다보는 사람들. 그들은 약속이라도 한 듯 잠시 동안 마수들을 쳐다보다가 일제히 하던 일로 돌아갔다.

일순 시간이 멈춘 듯 적막하던 거리가 다시 움직임으로 가득 찼다.

"이 마을에도 뭔가 일어나고 있나 보군."

월랑은 실눈을 뜨고 주위를 훑어본 후 걸음을 옮겼다.

"살고 싶다면 떠나시오!"

월랑은 눈썹을 찌푸렸다.

도시 변두리에서 여관으로 들어가려는 순간이었다. 웬 낯선 사내가 다가와서 귓속말로 속삭였다.

"어이, 무슨 소리야?"

이카렌이 창을 어깨에 걸머메며 물었다.

남자는 주위를 힐끗 둘러보고는 이카렌에게 가까이 다가왔다.

"이곳에 머물러서 좋을 건 없소. 당장 여길 벗어나는 게 좋을 거요."

"그러니까 도대체 왜?"

사내가 뭐라고 대답하려는 순간,

"그만 됐어요. 빨리 가요, 여보!"

멀찍이 떨어져 있던 여인이 남자에게 소리쳤다.

여인은 대여섯 살 정도 되어 보이는 꼬마의 손을 꼭 잡은 채 불안한 표정으로 이쪽을 보고 있었다.

"이곳 사람들… 위험하오."

"당신은 이곳 사람 아냐?"

이카렌이 픽 웃으며 대꾸하자, 남자가 버럭 소리쳤다.

"이 사람이 걱정을 해주는데도!"

남자는 이내 고개를 설레설레 젓고는 물러났다.

"내 알 바 아니지. 참고로 난 이곳 사람이 아니오. 우리도 살 만한 곳을 찾아서 여행하던 차에 들른 곳이오. 어제 도착했지만… 함께 온 자들은 모두……."

남자는 말끝을 흐렸다.

차마 떠올리기도 싫은 듯 입을 다문 채.

그가 마수들을 보고 다시 주의를 주었다.

"당신네들이 알아서 할 일이지만, 목숨이 귀하다면 해가 저물기 전에 여길 떠나는 게 좋을 거요."

말을 마친 남자는 서둘러 여인과 함께 가던 길을 재촉했다.

이카렌은 멀어져 가는 사내의 뒷모습을 물끄러미 보다가 혀를 찼다.

"쳇, 뭐야, 기분 나쁘게."

"귀담아들을 필요는 있겠어."

월랑이 턱을 괴며 말을 이었다.

"선택해. 오늘 여기에 머물 건지, 조금이라도 벗어날 건지."

"끄음… 술도 떨어졌고 말이지."

루브르가 빈 술통을 흔들며 말을 이었다.

"지금까지 쉬지 않고 왔으니 좀 편하게 머물고 싶은데."

"조금 편해지려다가 더 피곤해질 수도 있지."

"난 상관없어. 어차피 산전수전 다 겪은 몸. 이미 누구 덕에 죽었다가도 깨어난 몸이야. 덤빌 테면 덤비라고 해."

이카렌이었다.

그가 '누구 덕에 죽었다가도 깨어난 몸'이라고 할 때는 사야가 미안한 표정을 슬쩍 지었다.

월랑은 결국 여관으로 걸음을 옮겼다.

"이제 어디로 갈 생각이지?"

루브르가 창밖을 내다보며 물었다.

"퀴른 산."

"거기에 뭐가 있는데?"

루브르가 테이블로 걸어오며 재차 물었다.

마수들 모두 월랑을 바라보며 대답을 기다렸다.

"이 상황에서 절대적으로 우리에게 아군이 될 유일한 세력."

"쿼른에? 거기에 그럴 만한 세력이 있었던가?"

루브르가 머리를 벅벅 긁었다.

그때 소화가 불쑥 말했다.

"대신관을 찾아가시려고 하는군요?"

월랑이 고개를 끄덕였다.

그러자 루브르가 벌떡 일어나서 소리쳤다.

"뭐야? 대신관을 찾아가서 어쩌겠다고? 이제 와서 이라교가 개과천선이라도 해서 몬스터 소탕에 일조할까 봐?"

"헛다리 좀 그만 짚어."

월랑이 가볍게 한숨을 내쉬고 말하자, 루브르가 슬쩍 주눅든 목소리로 물었다.

"허, 헛다리라니… 무슨 소린지 알아듣게 말을 해봐."

"이라교가 아니라 루멘교를 찾아간다. 지금 이 시점에서 이라교에게 대항할 수 있는 진짜 신성력은 루멘교밖에 없어."

"루멘교! 그렇군! 이라교에 밀려서 국교로 지정되지 못한 것도 억울할 텐데… 세상이 이 모양으로 돌아가니 나서지 않을 수가 없겠지."

"그 루멘교와 손을 잡으면 제국 각지에서 활동하고 있는 아바돈 용병단에게 큰 힘이 될 거야."

월랑의 말에 마수들은 저마다 고개를 끄덕였다.

월랑은 말을 마치고 나서 낮에 사온 지도를 펼쳤다. 루멘교의 대신관이 머물고 있는 쿼른은 이곳에서 그리 멀지 않은 곳에 있다.

대신관을 만나서 일이 잘 풀린다면 두 가지를 동시에 얻을 수 있을 게다.

하나는 전력 보충이다.

이라교에 대항할 수 있는 세력으로 루멘교만큼 든든한 곳이 또 어디에 있을까? 그들의 신성력은 제국에서 제일이다. 이라교의 신성력에 의해 국교에서 밀려났지만, 이라교는 이미 신성력을 사용하는 게 아니라고 밝혀졌다.

이 사실을 알린다면 루멘교는 다시 일어서리라.

두 번째는 아버지의 죽음과 관계된 일련의 사건들, 그리고 시리우스의 정체.

루멘교의 대신관이라면 틀림없이 아는 게 있으리라.

정보를 얻는다.

지금까지의 싸움이 지지부진했던 것은 기반이 부족해서다. 아무리 강한 바람이 불어도 흔들리지 않기 위해서는 바닥 깊이 내린 뿌리가 중요한 게다.

기반부터 다진다.

월랑은 가부좌를 틀고 앉아서 다시 영공 수련에 들어갔다.

Chapter 3

Charm 참마스터
Master

똑똑.

별안간 울린 노크 소리.

누군가.

해가 저문 지 한참이 지난 시간.

음식을 시킨 적도, 종업원을 호출한 적도 없다.

마수들은 저마다 경계 태세를 갖췄다.

루브르는 장갑을 눌러 꼈고, 이카렌은 창을 움켜쥐었다. 사
야는 활을, 소화는 검을.

"누구시오?"

월랑이 차분한 목소리로 물었다.

"저어, 손님, 잠시 드릴 말씀이 있는뎁쇼."

"무슨 일이오?"

"손님들을 급히 찾는 분이 계셔서 말입지요."

"우리를?"

"예. 문을 잠시 열어주시면⋯⋯."

마수들은 서로를 번갈아 보았다.

이런 야심한 시각에 마수들을 찾는 사람이라니.

"너무 심하게 수상한데?"

루브르가 코를 실룩이며 말했다.

모두 같은 생각이다.

월랑은 일단 문을 조금만 열고 밖을 내다보았다. 종업원이 기다렸다는 듯이 방긋 웃으며 말했다.

"잠시 실례해도 되겠는지요?"

"우릴 찾는다는 사람은?"

"그게⋯ 저어⋯ 제가 들어가서 설명을⋯⋯."

확실히 수상하다.

월랑은 두 번도 묻지 않고 대꾸했다.

"우리에게 만날 의사가 없다고 전해주시오."

월랑이 문을 닫으려는 찰나, 종업원이 불쑥 발을 내밀어 문틈을 막았다.

"그러지 말고 손님, 잠시만⋯⋯."

"이게 무슨⋯⋯."

대답을 하던 월랑은 미간을 찡그리고 종업원의 얼굴을 보았다.

'땀?'

종업원은 얼굴에 물인지 땀인지 모를 것을 흠뻑 흘려대고 있었다. 게다가 호흡은 조금씩 더 거칠어졌고, 두 눈은 밤잠을 설친 사람처럼 벌겋게 충혈돼 있었다.

가만히 보고 있자니 두 눈동자는 점점 더 붉어지고 있었다.

뿐만 아니다.

계단 쪽에서 기척이 느껴진다.

그것도 한두 사람이 아닌, 수십 명쯤 되는 사람들의 발길이 느껴진다.

"흥!"

팍! 콰당!

월랑은 다짜고짜 종업원을 발로 걷어차고 문을 세차게 닫아버렸다.

마수들이 휘둥그레진 눈으로 월랑을 바라보았다.

"역시 일이 터진 게야?"

"무슨 일이죠?"

월랑이 대답 대신 재빨리 사야를 돌아보았다.

"사야, 밖을 살펴. 수상한 점이 없는지."

사야는 날쌘 고양이처럼 창가로 달려갔다. 순간,

파차앙!

"쿳!"

긴 창 하나가 창문을 깨고 날아와 방 천장까지 박혀 버렸다.

"이건 또 무슨?"

밖을 확인한 사야가 새파랗게 질린 채 새된 목소리로 외쳤다.

"온통 사람들 투성이야. 뭐가 어떻게 된 건지……."

"사람들이라니, 대체 누구……?"

이카렌이 투덜대면서 창으로 달려갔다.

하나 그 역시 창밖을 내다보고 입을 쩍 벌리기만 할 뿐이었다.

월랑이 방문에 강화부를 붙이면서 재차 물었다.

"이카렌, 상황!"

"사, 사람들이야."

"그러니까 누구야? 병사? 변이 몬스터? 아님, 이라교야?"

"그냥… 사람들이야."

"뭐?"

결국 월랑이 창가로 달려가서 밖을 확인했다.

이카렌의 말대로다. 그냥 사람들이다. 병사도 아니고 몬스터로 보이지도 않는다. 이 도시에 살고 있는 사람들일 뿐이다.

"저 사람들이 여기엔 왜……?"

몇 명인지 헤아리기도 힘든 사람들이 여관 아래 바글바글 모여 있었다.

한 가지는 분명했다.

개미 떼처럼 모인 그들은 모두 한곳을 응시했다. 바로 마수들이 머문 방. 월랑이 밖을 내려다보고 있는 창문을 뚫어지게 보고 있었다.

"손님들, 문을 여시지요. 클클클."

방문 밖에서 종업원의 목소리가 다시 한 번 섬뜩하게 울려왔다.

이미 종업원의 목소리는 본래의 고분고분한 그것이 아니었다. 진득한 가래가 목구멍에 걸린 듯 답답하고 컬컬한 소리다.

"문을 열지 않으면 좀 험하게 나가겠습니다. 크크크."

루브르가 손목을 까딱이며 소리쳤다.

"이런 버러지 같은 새끼! 감히 우리가 누군 줄 알고!"

"닥치고 문 안 열어!"

종업원의 말투마저 완전히 바뀌었다. 이어서 지붕이 지진이라도 난 것처럼 건물이 울려댔다.

쿵! 쾅! 쾅!

종업원을 비롯한 사람들이 방문을 힘으로 열려고 하는 게다.

"강화부를 붙여놨으니 당분간은 버티겠지만, 이 상태라면 한 시간도 넘기기 힘들겠어."

월랑이 가볍게 한숨을 내쉬었다.

결국 일이 이렇게 되고 말았다. 예상하지 못한 건 아니다.
뭔가 귀찮은 일이 생길 거라고는 생각했다. 하지만 그 대상이
사람들일 줄이야.

"이러는 이유가 뭐지? 우리가 마수이기 때문인가?"

"그딴 이유 알게 뭐야? 마수? 가만 보자. 그러고 보니 네놈
들이 그 마수라는 놈들인가? 클클. 이거 더 잘됐군. 더 싱싱한
피 맛을 보겠어. 쿠쿠쿠!"

방문 밖에서 종업원이 괴기스러운 웃음을 흘렸다.

그때, 사야가 날카롭게 소리쳤다.

"월랑, 여기 좀 봐!"

월랑은 창가로 달려갔다.

이건 또 뭔가! 어떻게 사람들이 이런 행동을⋯⋯.

종업원처럼 눈이 벌겋게 충혈된 사람들이 벽을 기어오르
고 있었다. 저마다 양손에 단도를 하나씩 쥐고 벽에 단도를
박아가며 기어올랐다.

"이카렌! 테이블을 부숴!"

월랑이 재빨리 창에서 떨어지며 소리쳤다.

월랑의 의도를 알아챈 이카렌이 곧바로 테이블의 다리를
부러뜨렸다.

콰작! 콰자작!

이카렌은 곧장 테이블을 들고 창문을 막았다.

예전 같으면 방어하지 말고 오는 대로 쳐부수자며 길길이 날뛰었을 그였지만, 수많은 사투를 거쳐 오면서 신중함이 생긴 게다.

"물!"

테이블 판자로 창문을 제대로 막으려면 대못이 수십 개는 있어야 한다. 그런 걸 여기서 갑자기 구할 수 있을 리가 없다.

해서 월랑은 그 대신 물을 찾았다.

물리적 부적을 이용하면 어떤 물질의 성질을 극한으로 끌어올리는 게 가능하다.

하지만 나무와 나무를 접착시키는 건 불가능하다. 그건 무에서 유를 창조하는 일이나 다름없다.

부적은 무에서 유를 창조하는 것이 아닌, 유에서 그 성질을 극한으로 끌어올리는 것이다.

먼저 물을 뿌리고 그 물의 점액 성질을 극한으로 끌어올린다. 그렇게 강한 접착제 역할을 하면 테이블 판자로 창문을 막는 데 성공할 게다. 그리고 강화부도 붙인다면 당분간 버틸 수 있으리라.

"갑자기 물이 어디서 나!"

"그럼 루브르!"

월랑이 부르자 루브르는 올 게 오고야 말았다는 듯 미간을 푹 찡그렸다.

"염병할, 마실 것도 없구먼."

"어서!"

"가져가라, 가져가!"

루브르가 던진 술병을 낚아챈 월랑은 곧장 테이블을 향해 술을 뿌렸다.

좌아악!

술에 젖은 테이블 위에 월랑이 손가락을 깨물어 피를 낸 후 부적을 적어나갔다.

마지막으로 주문을 불어넣고 접착부를 완전히 만들었을 때,

쾅쾅! 콰앙!

"이거 치우지 못햇!"

어느새 창문까지 기어올라 온 인간들이 소리를 내지르며 테이블 판자를 두드려 댔다.

월랑은 곧바로 강화부까지 그려낸 후에서야 비로소 한숨 돌렸다.

"당분간은 버티겠군. 루브르 어떻게 된 것 같아?"

"아무래도 마약을 복용한 모양이야."

"그래도 사람들이 멀쩡하잖아."

"마약이라고 해서 무조건 근육에 이상을 주는 건 아니니까. 마약의 종류는 셀 수도 없이 많아. 게다가 늘 새로운 종류가 나오게 마련이고."

"그럼 이건?"

"사람들 얼굴 봤어? 모두 충혈된 안구에, 송곳니가 날카로 웠어. 시간이 지날수록 길어질 테지. 뭐 상상 가는 거 없냐?"

"뱀파이어 종족."

사야가 딱딱한 목소리로 말했다.

루브르가 고개를 끄덕였다.

"그래, 뱀파이어 종족. 수 세월 전에 멸종됐다던 그 뱀파이 어 종족과 비슷한 증상이야. 이놈들, 피를 갈망하고 있는 게 야."

"하지만 뱀파이어는 햇빛을 볼 수 없다고……."

"이 녀석들은 정말 뱀파이어가 아니지. 뱀파이어와 비슷한 성질을 가지게 된 인간일 뿐이야. 단지 마약을 복용함으로 써."

"그럼 저들에게 물리기라도 하면 전설처럼 우리도 뱀파이 어가 되는 건가요?"

"글쎄……."

루브르는 턱을 괴고 가만히 침음을 흘렸다.

그가 한참 후에 고개를 가로저었다.

"그럴 확률은 적다고 생각해. 왜냐하면 이 녀석들은 어디 까지나 마약을 복용해서 만들어진 뱀파이어니까. 그래도… 물려서 좋을 건 없을 게야. 뱀파이어가 되진 않더라도 죽을 순 있겠지. 클클."

"시민들이 전부 뱀파이어였다니. 그래서 낮에 사람들의 표정이 그렇게……."

소화가 입술을 깨물었다.

시민들은 연신 쿵쾅거리며 방으로 들어오지 못해 안달이었다. 대략 느껴지는 기척으로만 따져도 수백 명이다.

이카렌이 콧바람을 훅 내뿜으며 말했다.

"흥! 거죽은 사람 모양이라서 좀 찝찝했는데, 뭐, 결국 변이된 몬스터에 불과한 거잖아. 이미 사람이 아니라면 마음 편히 죽여주지."

"킬킬킬, 네놈이 언제 사람, 몬스터 가려가며 죽였냐? 오히려 사람 죽이길 더 밥 먹듯 한 놈 아니더냐?"

"시끄러, 영감탱이! 저놈들 요리하기 전에 영감부터 다져주는 수가 있어."

"킬킬, 입은 살아가지고. 몸 함부로 굴리지 마라. 아직 완치된 것도 아니니까."

"흥! 의신이 그 정도 자신감도 없으면 어떻게 해? 적어도 자기가 치료한 건 믿어야 할 것 아냐."

"클클클."

월랑은 침대에 걸터앉으며 눈을 감았다.

"소화, 단원들을 모두 대기시켜. 지금 상황에 은신하는 건 의미가 없으니까."

"알겠어요."

"만약 출입구 어느 쪽이든 무너지면 다들 즉각 대응하도록. 모두 말살한다. 동정은 죽인 뒤에 하도록 하지."

"절대 찬성."

이카렌이 히죽 웃으며 대꾸했다.

월랑은 잠시나마 영공 수련을 하기 위해 정신을 집중하기 시작했다.

사실 사람들이 몰려왔을 때 그는 적지 않게 당황했다. 위협이 생긴다고 하더라도 변이된 몬스터와 부딪칠 줄 알았건만 멀쩡한 사람이 오다니.

아무리 냉정을 유지하는 월랑이라 하더라도 아무런 죄가 없는 자들을 수백 명씩 몰살하는 건 썩 달갑지 않다.

한데 이제는 그러한 망설임이 전혀 없어졌다.

이들은 본인들이 원치 않은 상태에서 이성을 빼앗긴 자들이다. 그리고 피를 부르는 본능에 의해 살아가고 있을 뿐이다.

죽여주는 것이 오히려 그들에게 도움을 주는 행위이리라. 그저 합리화에 지나지 않다고 비난해도 좋다. 합리화를 하더라도 지금 한 걸음을 내디뎌야 한다.

물론 치료할 방법이 있다면 그보다 좋은 것도 없다. 하지만 지금 치료 방법을 연구할 수 있는 시간은 없다. 자신들이 죽든지, 이들을 죽이든지.

살아 있으면 어떻게든 방법이 생길 게다.

어쨌거나 자신들을 노리는 이상 싸울 수밖에. 그리고 싸운다면 이길 수밖에.

그렇다면 망설임없이 깔끔하게 죽인다.

가부좌를 틀고 앉은 월랑의 몸에서 이글이글 푸른빛의 아지랑이가 일어났다.

콰자작! 콰작!

가장 먼저 부서지기 시작한 것은 방문이었다.

문짝에는 강화부를 붙여서 나무판이 굳건하게 버티고 있었지만, 문이 열리고 닫히는 부위에는 접착부를 사용하지 않은 것이 화근이 됐다.

"칫, 슬슬 준비해야겠군."

루브르가 혀를 차고는 자리에서 일어났다.

만약 문이 부서지면 제일 먼저 루브르가 나서서 놈들의 움직임을 봉쇄할 것이다. 그럼 소화를 비롯한 여인들이 나설 게다.

이카렌과 월랑은 기다렸다가 창 쪽이 부서지면 나선다.

아마 지루하고 긴 싸움이 되리라. 녀석들도 마약을 복용한 만큼 만만한 실력이라고 볼 수는 없다. 이만한 숫자라면 마수들을 압도할 수도 있다.

추측이 맞는다면 놈들은 해가 뜨기 전까지 움직인다.

해가 뜰 때까지만이라도 버텨야 한다.

콰자작!

문이 비스듬하게 벌어지면서 틈이 생겼다. 틈새로 종업원을 비롯한 사람들의 흉악한 표정이 드러났다.

"쿠쿠쿠. 쥐새끼 같은 놈들. 문 꼭꼭 걸어 잠근다고 무사할 것 같으냐?"

종업원이 혀로 입술을 연신 핥으며 허스키한 목소리로 말했다.

이미 이들은 인간으로 보기 힘들었다.

그저 말을 할 줄 아는 짐승이나 다름없다.

콰작! 콰각! 콰당!

이윽고 문짝이 떨어져 나갔다.

"환영해 주지!"

촤라라락!

루브르의 올가가 어지럽게 날아갔다.

"크웃!"

거미줄처럼 엮인 올가에 걸려든 사람들은 날카로운 송곳니를 드러내며 으르렁댔다.

"잔재주를!"

"그 잔재주에 네놈들은 죽을 게야."

말이 떨어지기가 무섭게 푸른 섬광이 번뜩이며 날아왔다.

샤아악! 샤악!

"크아악!"

"크억!"

아바돈 용병단의 칼부림이 시작됐다.

일방적인 학살이었다.

처음에 방을 쳐들어올 때의 사나운 기세와 다르게 사람들은 도살장에 끌려온 가축마냥 죽어나갔다.

"이 하등한 인간들이!"

눈이 시뻘겋게 물든 인간 한 명이 소리를 내지르며 할버드를 휘둘러 왔다.

올가를 끊으려는 속셈이다.

"쿡쿡, 인간이 아닌 걸 스스로 인정했구나. 좀 더 마음 편히 죽일 수 있겠어. 아참, 그걸로 올가를 끊을 생각이라면 포기하는 게 좋을 게다."

하지만 루브르의 말을 곱게 들을 그들이 아니다.

홍안의 사내는 곧장 할버드를 휘둘렀다.

데엥!

할버드는 마치 고무에 튕기기라도 한 것처럼 허공으로 치솟았다.

때를 놓치지 않고 소화가 검을 내찌르며 파고들었다.

푸슉!

"끄억!"

할버드를 머리 위로 치켜든 사내는 한참 동안 부들부들 떨다가 이내 고꾸라졌다.

루브르는 다시 올가를 내뻗었다.

싸움은 계속 비슷한 패턴으로 진행됐다. 하지만 적의 숫자가 많은 관계로 이 방법도 한계는 있을 게다.

언젠간 루브르의 올가를 벗어난 변이 인간들이 하나둘 생길 거고, 그러다가 구멍도 생긴다.

일단은 막연하더라도 최대한 적을 없애야 한다.

콰가각!

때마침 창 쪽에서도 나무판자가 부서져 나가면서 적이 모습을 보이기 시작했다. 놈들은 예상을 뚫고 원래 창문이 있는 곳이 아닌, 벽을 부수며 들어왔다.

오히려 강화부가 붙은 테이블 판자는 멀쩡했다.

"지능이 없는 건 아니군."

지능도 있고 말도 한다.

다만 인간으로서 사고를 하지 못한다. 까다로운 조건이다.

"이카렌, 준비해."

창문 쪽은 월랑과 이카렌이 맡는다.

월랑이 앞장서서 독공으로 놈들을 처리하고, 이카렌은 루브르로부터 빠져나온 인간들, 혹은 월랑이 놓친 인간들을 상대한다.

콰장!

마침 벽은 한 명 정도 들어올 수 있을 만큼 넓어졌다. 월랑은 놈들이 미처 들어오기도 전에 먼저 독을 풀었다.

치이이익!

시큼한 냄새와 함께 사방에서 타는 듯한 소리가 들렸다.

"크읏!"

"컥!"

독이 병기와 다른 점이 있다면, 시간이 걸린다는 것이다. 녀석들은 중독된 상태에서도 기어코 방 안으로 몸을 내밀었다.

월랑은 계속해서 독을 발산했다.

예상대로 시간이 지나면서 마수들은 점점 지쳐 갔다.

이런 떼거지 싸움이라면 숱하게 해온 터다. 악마의 뿔을 탈출하면서부터 무수한 적과 싸우지 않았나.

그래도 역시 이런 싸움은 지루하고 피곤하다.

승산은 있나?

있다고 본다.

뱀파이어로 변한 인간들이 워낙 빠른 움직임을 보이는데다가 지능도 높아서 다소 까다로운 점도 있지만, 질 것이라는 생각은 하지 않는다.

다만 이대로 계속되면 몸이 만신창이가 될 게다.

물론 상처 좀 나는 건 대수가 아니다. 루브르가 치료하면 된다.

다만 그 후에 다른 세력이 치고 오면 곤란해진다.

문제는 상처가 아니라 체력이다.

이렇게 체력을 고갈시켜 버리면 마수들은 그야말로 무방비 상태가 되는 것이다.

해가 뜨기 전에 전부 죽이든지, 해가 뜰 때까지 버티든지 해야 한다.

"으랏차!"

서걱!

이카렌은 기합성을 터뜨려 내며 창을 휘둘렀다.

창날이 빛을 번뜩이는 순간, 이미 상대방의 목은 바닥을 구른다.

"이 정도로 되겠어? 더 덤벼봐!"

이카렌이 허연 이를 드러내며 악을 질렀다.

그 기세에 뱀파이어로 변한 인간들조차 움찔 몸을 떨며 물러났다.

하지만 곧 녀석들은 본능에 충실한 채 송곳니를 드러내며 달려들었다.

"건방 떨지 마라!"

"흥!"

이카렌은 콧김을 내뿜는 것과 동시에 다시 창을 휘둘렀다. 창날에서 빛을 뿜으면 어김없이 피가 솟는다. 이카렌의 얼굴에 튀어버린 적의 피는 그를 더욱 강하게 만든다.

이카렌은 이번에도 피에 굶주린 악귀처럼 날뛰었다.

반면 소화를 비롯한 아바돈 여인들은 언제나 일도에 상대를 깔끔하게 제압했다.

하지만 웬만해서는 몸에 피를 묻히지 않는 그녀들조차도 지금은 핏물을 그대로 뒤집어쓴 것처럼 전신이 시뻘겋게 물들어 있었다.

"후우! 후우!"

쉴 새 없이 올가를 뻗어내던 루브르가 잠시 무릎을 쥐고 숨을 몰아쉬었다.

"영감탱이, 벌써 지친 거야? 나이는 못 속이는구먼!"

"닥쳐, 애송아! 네놈이 못 따라오니까 이 몸이 힘든 게 아니냐!"

"훗! 힘들면 좀 쉬어. 이 몸이 잠시나마 지켜주지."

"어림없지. 내가 네놈 따위에게 빚지고는 발 뻗고 못 자지."

루브르는 키들거리며 다시 허리를 폈다.

말은 그렇게 했지만 역시 힘든 건 어쩔 수 없나 보다.

이카렌의 말대로 나이는 속이기 힘든가 보다. 관절이 시려오고 삭신이 쑤신다.

'이대로 계속 싸우는 건 무리야. 뭔가 대책을 세워야 할 터인데……'

루브르는 숨을 몰아쉬며 방 안에서 벌어지는 살육의 풍경을 바라보았다.

시체 위에 시체가 쌓이고, 또 그 위에 시체가 쌓이고.

이젠 제대로 발을 디딜 틈조차 없다. 바닥은 온통 피 칠갑을 해서 미끌미끌하다.

그런데 잠깐,

'왜 그 생각을 못했지?'

루브르는 두 눈을 부릅뜨고 주위를 둘러봤다.

싸움 방식을 잘못 선택했다고 생각했다.

차라리 넓은 곳으로 나가서 싸웠더라면 도망이라도 칠 수 있었다고 후회했다.

하지만 입을 다물었다.

어찌 보면 자신 때문에 여관에 머물기로 한 게 아닌가.

그런데 이제 보니 싸움 방식을 잘못 선택한 게 아니다.

지금 이 상황, 예전 그때와 너무도 비슷하다.

악마의 뿔을 탈출하던 당시, 수많은 요원들에게 둘러싸여 동굴에서 사투를 벌였던 그 싸움.

그때와 같은 방법으로 막아낼 수 있는 싸움이 아닌가!

더구나 지금 같은 경우라면 날이 샐 때까지만 버틴다면 뱀파이어로 변한 인간들이 알아서 물러나 줄 가능성이 크지 않나.

루브르는 침착하게 생각을 정리했다.

이런 간단한 방법을 아무도 생각하지 못했다는 것은 그동안 싸우는 일에만 찌들었기 때문이다. 상대를 베고, 찌르고,

죽이는 일에만 익숙해져서 머리가 다른 쪽으로는 굳어버린 게다.

우선 방문은 자신이 막을 수 있다. 올가로 얽어매면 어떻게 든 시간을 벌 수 있을 게다. 그동안 소화를 비롯한 단원 일부가 시체로 벽을 쌓는다.

반대쪽은 월랑이 독을 풀어서 시간을 번다. 그동안 이카렌과 나머지 단원들이 시체 벽을 쌓는다.

양쪽에서 튀어나오는 놈들은 사야가 활로 처리한다.

그렇게 되면 절반은, 아니, 절반 이상 성공한 셈이다. 나머지는 월랑이 부적만 쓰면 된다. 피는 많다. 시체들의 피를 이용해서 부적은 충분히 그릴 수 있을 터.

접착부를 붙이고 강화부를 붙인다면 한동안 또 쉴 수 있으리라.

그러다가 시체 벽이 무너지면 다시 싸우면 된다.

지칠 때쯤에는 같은 방법을 사용해서 막아놓고 잠시 쉰다. 그럼 이렇게 죽을 둥 살 둥 하지 않아도 여유있게 날이 샐 때까지 버틸 수 있다.

"쿡쿡쿡!"

루브르가 비실비실 웃음을 흘렸다.

"어이, 급노망났어?"

"월랑."

루브르는 이카렌의 빈정거림을 무시하고 월랑을 불렀다.

월랑은 철침과 독을 번갈아 사용하면서 루브르를 힐끔거렸다.

"악마의 뿔에서 탈출할 때 썼던 방법 좀 쓰지."

그제야 마수들은 '아!' 하는 표정으로 루브르를 보았다. 단, 소화를 비롯한 단원들만 무슨 소리인지 의아한 표정으로 루브르를 힐끔거렸다.

루브르는 일부러 시체 벽을 쌓자고 말하지 않았다. 놈들은 지능이 있다. 함부로 이야기했다가는 녀석들이 어떻게 나올지 알 수가 없다.

루브르가 입꼬리를 히죽 치켜올리고는 말했다.

"내가 방문을 맡도록 하지."

"그럼 내가 여길 맡지. 이카렌, 준비해. 소화, 단원들을 둘로 나눠."

척하면 딱이다.

월랑과 루브르가 나서자 다른 마수들은 신속하게 몸을 빼내주었다. 그리고 방 안으로 깊숙하게 들어온 녀석들부터 먼저 베어냈다.

소화는 이카렌이 하는 양을 보고 단원들에게 명령을 내릴 준비를 했다.

촤라라락!

쏴아아아!

양쪽 출입구를 막아선 루브르와 월랑이 올가와 독을 풀어냈다.

이카렌은 곧장 시체를 쌓아가기 시작했다. 시체는 순식간에 천장 가까이 쌓였다.

소화를 비롯한 단원들 역시 이카렌을 따라서 시체 벽을 쌓았다.

틈틈이 빈 공간으로 침입해 들어오는 녀석들은 모두 사야의 화살에 죽음을 맞이했다.

"지금이닷!"

월랑과 루브르가 뒤로 훌쩍 물러났다.

이제는 소화도 단원들도 뭘 해야 하는지 완전히 파악했다.

마수들은 있는 힘껏 쌓아올린 시체 벽을 밀었다. 시체로 방문이 틀어막혔고, 벽에 뚫린 구멍도 틀어막혔다.

월랑은 재빨리 홍건한 피를 이용해서 시체들의 몸 위에 부적을 휘갈겼다.

피는 점액성을 더해 상상을 초월할 정도로 진득해질 테고, 피부는 강화부로 인해 돌처럼 단단해질 게다.

이걸로 한동안 버틸 게다.

당연히 바닥은 접착부의 범위에 적용되지 않게 한다. 자칫 발바닥이 달라붙어 떨어지지 않을 수도 있으니.

얼마나 시간이 흘렀나.

귀가 멍멍해질 정도로 아우성을 치던 뱀파이어들이 별안

간 잠잠해졌다.

시체 벽을 두드리는 소리도 나지 않는다.

삐걱, 삐이걱.

건물 곳곳에서 나무판자가 무거운 신음을 흘려댄다.

무슨 일이 벌어지고 있는 건가?

포기한 건가?

그럴 리는 없다. 녀석들은 본능에 충실하다. 이미 싱싱한 피를 보았으니 혈안이 되어 있을 게다.

게다가 지능까지 높다.

이런 녀석들이 일시에 조용해졌다는 것은 뭔가 심상치 않다.

"끄음. 기분 나쁘군."

루브르가 눈알을 뒤룩뒤룩 굴리며 중얼거렸다.

"쉿!"

월랑이 검지를 입에 가져다 댔다.

'설마!'

우려했던 일은 곧바로 현실로 일어났다.

콰자작! 콰쾅! 쿵쿵!

갑자기 지진이라도 일어난 것처럼 건물 전체가 흔들리기 시작했다.

"뭐, 뭐야!"

"위층이야. 천장을 부수려는 거야."

사야가 천장을 올려다보며 입술을 질끈 깨물었다.

난관을 헤치기 위해 생각해 낸 꼼수가 오히려 더 큰 폭풍을 불렀다. 천장이 무너지고 놈들이 위에서부터 덮쳐 온다면 지금까지의 싸움과는 비교도 안 된다.

누구 하나 죽는다고 해도 이상할 게 없는 상황이리라.

"빌어먹을. 골고루 하는구먼."

루브르는 입술을 핥았다.

술을 마시지 못하니 목이 타 들어가는 것만 같다.

마수들은 저마다 병기를 콱 움켜쥔 채 돌발적으로 일어날 상황에 대비했다.

콰직!

이윽고 천장이 갈라지며 틈새가 벌어졌다.

틈이 생기면 무너지는 것은 순식간이리라.

패앵! 쒜에엑!

사야가 틈으로 화살을 쏘았다.

"큭!"

"저 계집년이!"

놈들은 이를 빠드득 갈고는 더욱 강한 힘으로 천장을 부수기 시작했다.

"제길, 부적을 해제하고 도망가는 건 어때?"

루브르의 말에 월랑이 고개를 저었다.

"만약 그랬다가 밖에서 놈들이 치고 들어오면 그야말로 진퇴양난."

"천장 무너지면 우린 살아남기 힘들어."

루브르가 이마에서 흐르는 구슬땀을 훔치며 말하자, 이카렌이 입꼬리를 히죽 치켜올렸다.

"적어도 한 놈은 살 수 있잖아. 크크크."

그가 월랑을 힐끗 바라보았다.

루브르도 말뜻을 알아듣고 사야와 소화, 그리고 단원들을 보았다. 모두 말없이 고개만 끄덕였다.

"버티는 데까지 버텨보겠지만, 틀렸다 싶으면……."

"그런 생각할 시간 있으면 한 놈이라도 더 죽일 방법을 연구해."

월랑이 차갑게 대꾸했다.

월랑은 이미 마수들이 무슨 생각을 하고 있는지 알고 있었다.

천장이 무너지고 뱀파이어로 변한 인간들이 길길이 날뛰기 시작하면 아무래도 싸움은 힘들어진다.

하지만 단 한 명, 월랑은 예외다.

동료의 안위를 무시하고 대량의 독을 터뜨린다면 일시에 전멸도 가능하리라.

하지만 마수들 중 누구도 살아남지 못하리라.

독을 터뜨릴 순 없다. 어떻게든 버틴다.

결국 천장은 무너졌다.

"크하하!"

"맛 좀 봐라! 이 쥐새끼 같은 놈들!"

순식간에 실내는 아수라장이 됐다. 싸움이 길게 이어질 것도 없다.

아무리 마수들이 막강한 실력을 자랑한다고는 하나, 이들 역시 마약을 복용해서 놀랍도록 강해진 자들이다.

피츄욱!

"큭!"

뻑!

"쿠억!"

일방적인 도살에 가까웠던 살육전은 이제 쌍방 간의 치고받는 싸움으로 변했다.

마수들이 무너지고 있었다.

적의 피만 부르던 이카렌도 어느새 등을 길게 베여 뜨끈한 피를 흘렸고, 소화를 비롯한 단원들도 어깨, 허벅지 등에서 붉은 선혈을 주룩주룩 흘렸다.

"크윽! 염병할!"

루브르는 번개처럼 덮쳐 오던 놈을 팔로 막아냈다. 녀석은 입을 쩍 벌리고 루브르의 팔을 그대로 물어뜯었다.

"크악!"

이어서 놈은 그대로 허리춤의 단검을 빼 들고 루브르의 목을 향해 내찔렀다.

"그렇게 간단할까 보냐!"

루브르가 악을 내지르며 양팔을 좌우로 활짝 펼쳤다.

찌이이익!

거미줄처럼 가는 올가가 녀석의 목을 옥죄며 살갗을 파고
들었다.

"큭! 망할 영감탱이가!"

"크크크. 내가 네놈들에게 당할 만큼 늙진 않았지. 월랑!"

루브르는 있는 힘을 다해 올가를 조이며 소리쳤다.

월랑 역시 갖가지 병기에 당해서 몸이 만신창이가 됐다. 그
가 철침을 휘두르던 중 루브르를 힐끗 보았다.

루브르가 피식 웃으며 말했다.

"언제까지 기다리게 할 게냐. 우린 여기까지야."

"쓸데없는 소리를!"

"닥치고 다른 녀석들도 좀 봐!"

루브르가 버럭 소리쳤다.

월랑은 미간을 좁히고 입을 다물었다.

안다. 이 싸움, 힘들다는 것을.

하지만 여기서 동료들을 잃을 수는 없지 않나!

그때 다시 루브르가 소리쳤다.

"다 죽자는 게냐!"

"그래요, 월랑! 독을 쓰세요!"

소화도 한마디 거들었다.

이번에는 이카렌이 끼어들며 말했다.

"크크큭! 난 말이지, 이런 어중간한 녀석들에게 개죽음당하기는 싫단 말이야. 차라리 네놈 손에 죽는 게 덜 억울하지."

월랑은 입술을 지그시 깨물며 철침을 계속 휘둘렀다.

'지금이라도 독을 푼다면……'

하지만 월랑은 고개를 저었다.

"죽어도 같이 죽는다."

"저… 병신."

루브르가 혀를 차며 중얼거렸다.

하지만 그렇게 말하는 루브르의 표정을 보면 싫지만은 않은 모양이다.

마수들은 모두 피식 웃음을 띠고 병기를 휘둘렀다. 아마 오래 버티지 못하리라.

그런데 그때,

"한 놈이 또 있다! 크아악!"

복도 쪽에서 누군가 소리쳤다. 이어서 비명이 마구 치솟았다.

"누구냐!"

"누구든지 잡아버려!"

놈들은 분노하기보다는 오히려 흥분한 기색에 가까웠다.

누구든 싱싱한 피를 볼 수 있다면 그것으로 만족하는 모양이다.

하지만 흥분도 잠시.

치르르르르!

웨에에엥!

"이, 이건 뭐야?"

바닥을 타고, 벽을 타고 바퀴벌레와 개미 따위들이 바글거리며 나타났다. 게다가 허공은 종을 알 수 없는 날벌레로 가득 메워져 버렸다.

놀란 건 뱀파이어뿐만이 아니다.

마수들도 눈을 휘둥그렇게 뜨고 경계심을 멈추지 않았다.

이런 숱한 벌레들이 어디서 나왔단 말인가?

그때, 낯익은 목소리가 복도에서 들려왔다.

"여전히 북적북적한 걸 좋아하나 보군. 후후."

치르르르륵!

시체 벽은 순식간에 허물어졌다.

개미와 바퀴벌레는 눈 깜짝할 사이에 시체를 갉아먹었다.

"맙소사! 도대체 저 조그마한 녀석들이 저걸 다 어디로 먹어치우는 거지?"

이카렌이 중얼거리자 다시 목소리가 들렸다.

"이 녀석들, 식성이 좋거든. 소화하는 데 걸리는 시간은 찰나에 불과하지."

풀썩!

시체 벽이 무너졌다. 그리고 열린 방문으로 들어서는 남자가 보였다.

마수들의 눈이 찢어질 듯 부릅떠졌다.

"너, 너 이 자식!"

"오랜만이오, 루브르."

"저 염병할 놈. 클클클, 이 빌어먹을 놈이 살아 있었구먼."

"입담은 여전하시군요."

"그나저나 너, 그 꼴은 뭐냐?"

루브르는 이맛살을 잔뜩 구긴 채 물었다.

후드를 푹 눌러쓴 사내는 온통 벌레로 뒤덮여 있었다. 아무리 마수들이라지만 징그러운 벌레가 꾸물꾸물 움직이며 사내의 몸을 기어다니는 모습은 썩 보기 좋은 광경이 아니었다.

하지만 월랑은 씩 웃으며 말했다.

"성공한 모양이군, 학우."

"클클클. 죽을힘을 다 하면 뭐든 안 되는 게 없더라고."

말을 마친 학우는 후드를 젖혔다.

그러자 후드 안에서 새까맣게 벌들이 날아올랐다. 그리고 그가 양팔을 펼치자 소매 끝에서 쉴 새 없이 벌레들이 기어나와 떨어졌다.

"크윽! 뭐, 뭐야!"

"으아악!"

방 안에 비명이 가득 차올랐다.

마수들을 죽음의 문턱까지 몰아넣었던 그들은 순식간에 미물들의 밥이 되고 말았다.

Chapter 4

학우는 몰라볼 정도로 변했다.

까칠한 턱수염이 얼굴을 덮었고, 호리호리했던 몸은 탄탄한 근육질로 바뀌었다.

눈빛도 변했고, 호흡도 변했고, 성격도 변했다.

너무 많은 것이 변해서 마수들은 그와 대화를 나누는 동안 때때로, '이 녀석이 정말 학우인가?' 하는 생각을 떠올릴 수밖에 없었다.

하지만 학우가 맞다.

말투가 꽤나 거칠어지고 성격이 호탕하게 바뀌었지만 그는 분명히 학우였다.

"많이 컸군, 애송이."

루브르가 피식 웃고 학우에게 말했다.

단 몇 개월 만에 이렇게 사람이 변할 수도 있다고 생각하니 새삼스럽다.

학우는 피식 웃고는 대꾸했다.

"죽을 고비를 넘기고 나니 사람이 변합디다."

"뭐, 변화가 나쁘지만은 않지. 그래도 귀여운 맛이 덜해진 건 사실이군."

"하하하! 그래도 절 귀여워해 주실 분은 영감님밖에 없잖습니까?"

학우는 호탕하게 웃으면서도 예의를 지켰다.

월랑은 그런 학우를 보며 빙긋이 웃고는 주위를 훑어보았다.

날이 밝아왔다.

미명이 무너진 벽 틈새로 스며들어 온다.

방 안은 살벌한 지옥이다. 피를 잔뜩 흘리며 죽어간 사람들.

월랑은 문득 고개를 들고 학우를 보았다.

"그때, 어떻게 살아남았어?"

"글쎄, 기억이 잘 안 나."

학우는 턱수염을 긁으며 대꾸했다.

제국 100주년 기념식 때, 학우는 변이 몬스터들에게 휩쓸려 정말 죽을 뻔했다.

마지막으로 기억나는 것은 변이 몬스터의 손톱에 허벅지와 등이 무자비하게 찢겨져 나갈 때였다. 학우는 쓰러지면서 그저 살고 싶다는 생각만 했다.

그때, 몸이 근질거렸다.

개미다.

개미 한 마리가 쓰러진 학우의 목덜미를 타고 얼굴까지 기어올라 왔다. 개미는 학우에게 속삭이기라도 하듯 귓바퀴에서 맴돌았다.

'살고 싶어? 살고 싶다면 도와줄 수도 있어.'

개미가 그렇게 말하는 듯했다.

'살고 싶어……'

학우는 가까스로 대답했다.

하지만 정말 말로 한 건지 생각만 한 건지, 아니면 개미들이 사용하는 의사소통으로 한 건지 알 수가 없다.

그저 멀어져 가는 의식을 겨우겨우 붙잡으며 살려달라고 호소했다.

그리고는 의식을 잃었다.

"정신 들었을 땐 투기장 지하였지."

학우는 희미하게 미소를 그리며 말을 이었다.

마수들은 진지한 표정으로 학우의 이야기를 들었다.

어두컴컴한 곳에서 가까스로 눈을 떴다. 눈꺼풀을 들어 올리는 것은 생각보다 힘든 일이었다.

'지금 눈을 뜨지 않으면 영원히 잠들 수도 있다.'

누군가 속삭인 것인지, 본인이 스스로 생각한 것인지.

학우는 온 힘을 다해 눈을 떴다.

처음에는 그 어두컴컴한 공간이 어디인지도 알 수 없었다. 그러나 소리가 다소 울린다는 것과 공기가 서늘하다는 것, 특유의 곰팡내가 난다는 것을 미루어 지하 복도라는 것을 짐작했다.

그리고 이런 지하 복도라면 투기장의 지하일 가능성이 크다고 짐작했다.

그런데 어쩌다가 이런 곳으로 옮겨진 것일까?

마수들은 모두 어디에 있나?

나는 어떻게 살게 됐나? 혹시 이미 죽어서 저승에 온 건 아닌가?

하지만 전신을 장악하고 있는 미세한 감각들이 생존 사실을 일깨워 주고 있었다.

치르륵.

복도 어디선가 작은 소리가 들렸다.

학우는 몸을 휙 돌리고 소리의 정체를 찾았다. 워낙 어두워서 소리를 낸 벌레를 정확히 볼 수 없었지만, 그는 그게 무엇인지 알았다.

바퀴벌레가 벽 틈을 타고 기어갔다.

볼 수 없지만 알 수 있다.

'그렇군. 그랬던 거군.'

학우는 툴툴 웃으며 몸을 일으켜 세웠다. 그리고 벽에 등을 기대고는 양팔을 활짝 펼쳐 보았다.

무수한 생명이 느껴진다.

어째서 이렇게 잘 느껴지는 걸까?

학우는 눈을 감은 채 그 생명들을 불렀다.

오러를 이용해서 미세한 흐름을 다스렸다. 태어날 때 누가 가르쳐 주지 않아도 갓난아기가 울음을 터뜨릴 줄 아는 것처럼.

그는 본능적으로 곤충들을 불렀다.

치르르르!

사라라락!

사방에서 그의 부름에 응한 곤충들이 바글바글 모이기 시작했다. 녀석들은 아무런 거리낌도 없이 학우의 발등을 타고 기어올랐다.

학우는 징그러운 벌레들이 제 살에 붙어 기어올라도 미동조차 하지 않았다.

그는 가만히 미소 지었다.

"가끔 인간은 죽어가는 순간에 기적처럼 엄청난 힘을 발휘하기도 하지."

"그런가 봅니다. 쿠쿠."

루브르의 말에 학우가 웃음을 흘렸다.

루브르의 말대로 자신은 죽어가던 그 순간, 기적처럼 오러를 다스렸는지도 모른다. 그리고 주위의 벌레들을 이용해서 투기장을 빠져나올 수 있었으리라.

"그나저나 이 곤충들은 대체 뭐야? 이렇게 무지막지한 녀석들은 내 생전 본 적이 없는데 말이야."

"마약이죠. 마약이 이놈들을 이렇게 만든 겁니다. 이제 뱀파이어로 변한 인간들을 파먹었으니 흡혈 성질도 많이 늘었겠군요."

학우가 대수롭지 않게 대꾸했다.

루브르는 헛웃음을 터뜨리고는 중얼거렸다.

"허참, 마약 덕분에 죽을 뻔했는데 마약 덕분에 살아났구면."

"쿠쿠쿠, 아무렴 어때? 버텼으면 된 거지."

이카렌이 히죽 웃었다.

마수들이 이야기를 나누는 동안 날은 완전히 밝아 있었다.

날씨는 청명했다.

아직 겨울이 다 물러가지 않았지만, 햇살이 따사로워서 마치 봄 날씨 같았다.

마수들은 협곡을 따라 꾸준히 걸어 올라갔다.

퀴른 산에 있는 루멘교의 대신전을 찾기 위해서는 세 관문을 거쳐야 한다.

본래 신전이란 언제나 문이 활짝 열린 곳이다. 누구든 힘들고 어려울 때는 신전을 찾을 수 있도록.

하지만 루멘교의 경우는 좀 특별했다.

제국의 국교에서 밀려난 루멘교는 현재 대신관이 신과의 소통을 위해 퀴른 산에서 일종의 수양을 하는 셈이었다.

때문에 일반인들이 루멘교를 찾고 싶다면 대신전이 아닌 지방의 다른 신전을 찾아야 한다.

대신전은 현재 루멘교의 대신관이 신성력을 수양하는 데에만 집중할 수 있도록 모든 신경을 집중하고 있었기 때문이다.

여하튼 대신전으로 들어가서 대신관을 만나기 위해서는 퀴른 산을 오르며 세 군데의 문을 지나야 했다.

가장 먼저 나타나는 것이 지문(地門), 그다음으로 나타나는 것이 인문(人門), 마지막으로 지나야 할 곳이 천문(天門)이다.

이 세 곳을 지나야만 비로소 대신전에 들어갈 수가 있는데, 대신관의 호출이 있지 않고서는 외부인이 여길 지나갈 방도는 없다고 봐야 한다.

하지만 마수들은 거침없이 산을 올랐다.

그들이 막 협곡을 따라서 모퉁이를 돌아섰을 때다.

가장 앞장서서 걷고 있던 이카렌이 우뚝 걸음을 멈췄다. 뒤이어 마수들이 걸음을 멈추고 고개를 들었다.

"지문이군."

월랑이 조용히 말을 흘리며 앞으로 나아갔다.

지문은 아예 협곡을 완전히 막아버렸다고 봐도 과언이 아니었다.

고개를 꺾어 하늘을 올려다보듯 봐야지 지문의 성문 꼭대기가 보였다.

관문 꼭대기에는 성 기사단으로 보이는 병사들이 아래를 굽어보고 있었다.

"그대들은 누군가?"

기사단장으로 보이는 중년의 사내가 말했다.

갈색 턱수염이 덥수룩한 사내였는데, 인자한 표정에 풍채가 크면서도 기품이 느껴지는 인물이었다. 그는 하얀색 성 기사단 갑옷을 착용하고 있었다.

조곤조곤 말을 하고 있는데도 협곡에 그의 목소리가 쩌렁쩌렁 울렸다. 신성력을 이용했기에 가능하리라.

"대신관을 뵙기 위해 왔습니다."

월랑은 차분하게 대답했다.

물론 영력을 이용해서 큰 소리를 낼 수도 있다.

하지만 상대를 도발해서 좋을 건 없다. 만에 하나 싸움이 일어나더라도 사상자를 내서는 안 된다.

루멘교의 협력이 절실히 요구되는 시점에서 그들에게 적으로 낙인찍혀서 좋을 건 없으리라.

그리고 지금 같은 경우는 월랑이 굳이 큰 소리를 내지 않아도 단장은 그의 말을 충분히 들을 수 있을 것이다.

단장은 미간을 찌푸리고는 대꾸했다.

"대신관님을? 대신관님께서는 아무도 부르지 않으셨을 텐데?"

"부름을 받고 온 것이 아닙니다. 저희들이 용무가 있어 찾아온 것입니다."

월랑은 공손하게 진실을 이야기했다.

단장이 고개를 천천히 가로저었다.

"그렇다면 방문을 허락할 수 없다. 대신관님께서 이곳에 계신다는 게 어떤 의미인지 그대들은 모르는가?"

"알고 있습니다만, 꼭 뵈어야 합니다."

"허가할 수 없다. 돌아가라."

단장은 일말의 망설임도 없이 대꾸했다.

월랑은 가볍게 한숨을 내쉬었다.

예상했던 바다.

그래도 할 수만 있다면 대화로 풀고 싶었다. 하지만 단장과 몇 마디 섞기도 전에 이미 그들에게서 강한 적대 의식이 느껴졌다.

관문 위에서 누군가 단장에게 귓속말을 전했다.

순간, 단장이 코웃음을 터뜨리더니 말을 뱉었다.

"흥! 네놈들이 배짱이 좋구나! 감히 여기가 어디라고 찾아왔단 말이냐!"

갑자기 돌변한 단장의 태도에 마수들이 이맛살을 구겼다.

월랑은 짐작을 하면서도 물었다.

"어째서 저희들에게 그런 말씀을 하시는지요?"

"너희들이 마수라는 사실을 모를 줄 아느냐! 괴상한 사술을 부려서 제국에 몬스터를 불러들인 것도 모자라서 이제는 루멘교까지 찾아와? 정말이지, 하늘 무서운 줄 모르는 자들이군!"

"그렇지 않아도 그 일로 찾아왔습니다. 저희들은 몬스터를 불러들인 적이 없습니다. 몬스터를 불러들인 것은……."

"닥쳐라! 더 들을 것도 없다! 당장 돌아가라!"

"몬스터를 불러들인 것은 이라교입니다. 믿어주십시오."

"뭐라? 이제는 신성 모독까지! 더 이상 용서할 수 없다!"

이라교와 루멘교는 각기 다른 신을 섬기는 종교라고 볼 수 있지만, 신을 모독하는 행위에 대해서는 어떤 종교에 한해서든 금지되어 있다.

성직자로서 아무리 다른 신이라고는 하지만, 신성을 모독하는 행위를 눈뜨고 봐줄 수는 없는 것이다.

구구구구궁!

육중한 문이 열리며 성 기사단이 우르르 쏟아져 나왔다.

수백에 달하는 성 기사단이 나와서 마수들을 순식간에 포위했다.

"루멘교의 사정 때문에 너희들을 사로잡을 생각까지는 없었으나, 더 이상은 네놈들의 기만을 용납할 수가 없다. 너희들을 사로잡아 이라교에 넘기도록 하겠다."

"뭐? 이 미친 새끼들! 기껏 알려주니까 뭐가 어째?"

루브르가 술을 들이켜며 주정하듯 소리쳤다.

말을 타고 나온 기사단장은 이맛살을 구기고는 소리쳤다.

"저들을 잡아라!"

위이잉!

기사단이 뽑아 든 검에서 푸르스름한 빛이 맺혔다. 신성력이었다.

그들은 검을 뽑아 든 채 마수들을 조금씩 압박하며 들어왔다.

하지만 어쩐 일인지 마수들은 꼼짝도 하지 않고 멀뚱멀뚱 구경만 했다. 심지어 이카렌은 흥얼거리며 노래까지 불렀다.

이제 팔만 쑥 뻗으면 검날이 닿을 정도로 가까워진 순간!

"루브르!"

"클클클! 월척이구나!"

루브르가 순간 양손을 하늘로 쭉 뻗어 올렸다.

루브르의 장갑 낀 손끝에서 수십 가닥의 올가가 뻗어나갔다.

루브르는 이곳으로 오는 동안 각 손가락마다 올가를 두 줄씩 더 달았다. 그리고 서른 개의 니들을 사용했다. 서른 줄의 올가가 뒤엉키며 그물처럼 뻗어나갔다.

처음 월랑으로부터 이 기술을 사용할 수 있도록 해달라는 요구에 말도 안 되는 소리라고 생각했다.

하지만 그때 학우가 불쑥 끼어들었다.

"영감님, 월랑이 말하는 건 결국 다 가능한 것들입니다."

루브르는 할 수 없이 그때부터 피똥 쌀 만큼 연습해야 했다.

그 결과, 지금의 기술을 사용할 수 있게 된 게다.

근방 20미터 이내의 적들은 루브르의 올가에 엉켜서 바동거렸다.

"가만있으라고! 클클, 너무 설쳐 대면 몸이 잘려 나갈지도 몰라."

루브르는 올가를 바짝 끌어당기며 말했다.

수십 명의 기사가 올가에 걸려들긴 했지만, 올가의 범위 밖에 있었던 상당수의 기사들은 여전히 마수들을 포위하고 있었다.

"이놈들! 감히 루멘교에게 대항을!"

"단장님, 좋게 대화로 풀어가려고 했습니다만 어쩔 수 없게 됐습니다. 저희들을 들여보내 주시지요."

"네놈들이 큰소리를 칠 상황이⋯⋯!"

"물론 그럴 만한 상황은 아닙니다. 하지만 이대로 끌려갈 거라면 지금 올가에 엮인 기사들은 모두 죽이도록 하겠습니다."

"뭐, 뭣이?"

단장이 눈을 부라렸다.

월랑은 틈을 놓치지 않고 말을 이었다.

"거래입니다. 루멘교에서는 생명을 소중히 여긴다고 들었습니다만. 설마 기사들을 내팽개치진 않으시겠지요?"

"이, 비열한⋯⋯."

"시간이 없습니다, 단장님."

"흥! 네놈들이 손을 쓰기 전에 우리가 먼저 네놈들을 처리해 주마. 궁수, 위치로!"

차차착!

관문 위에 궁수들이 일렬로 나타나서 시위를 당기고 있었다.

월랑은 재빨리 말했다.

"단장님이 명령을 내리기도 전에, 그리고 궁수들이 시위를 놓기도 전에 전 독을 풀 수 있습니다."

"하지만 그랬다가는 네놈들도 무사하지는⋯⋯."

"저희들이 바보는 아닙니다. 이미 해독제를 복용했기에 제

독은 기사들에게만 영향을 줄 것입니다."

월랑은 대수롭지 않다는 듯 대꾸했다.

단장의 표정에 순간 곤혹스러움이 스쳤다.

물론 월랑의 말은 거짓말이다. 해독제? 그런 게 있다면 지금까지 어려운 싸움을 할 필요도 없었으리라. 독인이라고 해서 아무나 죽이고 살릴 수 있는 건 아니다.

해독제는 독을 만드는 것보다도 어려운 게다.

만약 여기서 정말 월랑이 독을 푼다면 자신을 제외한 모든 인간이 죽으리라.

월랑으로서는 도박이었다.

월랑은 마지막으로 한마디 덧붙였다.

"저희들 목숨이 기사들과 맞바꿀 정도로 가치가 있다면야 그 자체로도 영광이지만요."

단장은 아픈 사람처럼 신음을 흘렸다.

'소문은 들었지만… 월랑, 생각보다 교활한 자군.'

마수들은 지나칠 정도로 차분하게 대응했다.

차라리 검과 창을 들고 마수답게 설쳐 댔더라면 이쪽에서도 몇 명 희생해서라도 놈들을 처리할 수 있었으리라.

하지만 성직자도 아닌 마수들 쪽에서 먼저 양쪽이 다 사는 방법을 제시하고 나오니 성 기사단으로서 무시하고 밀어붙이기가 난감한 상황이 됐다.

결국 단장은 말 머리를 돌리며 나지막하게 명령을 내렸다.

"길을… 내주어라."

기사들은 잠시 단장을 바라보다가 머뭇머뭇 길을 터주기 시작했다.

마수들은 협곡을 벗어난 후 숲길을 따라 올랐다.

"저 녀석들, 정말 쫓아오지도 않는데?"

루브르가 뒤를 돌아보며 중얼거렸다.

그가 올가로 얽어맨 인질들을 풀어준 것은 관문을 지나고 협곡을 벗어날 때쯤이었다.

월랑은 묵묵히 걸음을 옮기면서 루브르의 말을 받았다.

"그냥 놔둬도 어차피 못 간다고 생각하는 거야."

"흥! 자신만만하군."

"남은 건 지문과 천문, 이곳을 허락없이 모두 지나갔다는 사람의 이야기는 들은 적도 없어."

"이거… 어쩐지 위험한 거 아냐?"

루브르가 문득 걱정 섞인 목소리로 대꾸하자, 월랑이 빙긋 웃었다.

"하지만 도전한 사람이 별로 없어. 그렇게까지 대신관을 찾아가야 할 이유가 있는 사람은 몇 안 되니까."

"그렇군. 그나저나 두 번째 게이트는 언제 나오는 거야? 후우."

루브르는 이마에서 흐르는 땀을 훔쳤다.

경사는 상당히 가팔랐다. 넋을 놓고 서 있다간 자칫 발을 헛디뎌 한참을 굴러 떨어져야 할 판이다.

협곡을 벗어난 후부터 산을 오르는 내내 이 정도의 경사이니 아무리 마수들이라도 호흡이 거칠어지고 땀이 흐르는 게 당연했다.

마수들이 좁은 둔덕에 올랐을 때쯤 월랑이 말했다.

"잠시 쉬었다 갈까?"

"그러잖아도 주저앉기 직전이었어."

루브르는 바위에 걸터앉아 술을 목구멍으로 꿀떡꿀떡 넘기며 말했다.

월랑은 둔덕 위에서 산 아래를 내려다보며 찬찬히 살폈다.

경사가 가파르다고 하지만 마수들이 이렇게 빨리 지친다는 것은 뭔가 좀 이상하다.

산 아래에는 구름인지 안개인지 모를 것이 잔뜩 끼어 있었다.

고지대여서 공기 부족으로 호흡이 가빠진 건가?

하지만 단순히 그렇게 이해하기에는 뭔가 더 있다는 생각이 든다.

"이제 조금만……."

월랑은 고개를 돌리고 말을 하다 말고 입을 다물어 버렸다.

그의 눈빛이 순간 날카로워졌다.

"전부… 어디 간 거지?"

조금 전까지만 해도 둔덕 위에서 각자 주저앉아 쉬고 있던 마수들이 감쪽같이 없어졌다.

루브르는 물소리를 따라서 걸음을 옮겼다.

바위에 걸터앉아 쉬고 있을 때, 어디선가 시원한 물줄기 소리가 들려왔다.

몸을 씻고 싶었다.

자연히 걸음을 옮기게 된 게다.

그런데 어째서인지 눈꺼풀은 자꾸만 무겁게 내려앉았다.

그는 마치 꿈을 꾸듯 비몽사몽 상태에서 걸음을 내디뎌 갔다.

몸은 나른하고 눈꺼풀은 자꾸만 무겁게 내려앉는다.

루브르는 허우적대듯이 팔을 뻗어 앞을 가로막은 나뭇잎을 옆으로 걷어치웠다.

쏴아아아!

"여… 긴?"

몽롱하던 의식이 조금씩 돌아왔다.

그리고 흐릿한 초점이 점점 선명해지듯 그의 정신도 또렷해져 갔다.

굵은 폭포 줄기가 시원하게 낙하하고 있었다.

폭포가 만들어낸 웅덩이는 산속 깊은 곳에서 누구에게도 때 묻지 않은 듯 에메랄드빛으로 빛나고 있었다.

그런데 그중에서도 루브르의 시선을 단번에 끌어당기는

게 있었다.

'저, 저 처자들은 누구……?'

폭포 줄기가 쏟아지는 웅덩이에서 여인들이 옷을 벗고 몸을 씻고 있었다.

새하얗다 못해 투명한 피부, 가녀리고 둥근 어깨와 봉긋하게 솟은 젖가슴, 개미처럼 잘록한 허리에 이어서 복숭아처럼 탐스럽게 생긴 엉덩이까지.

심장이 뛰었다.

태어나서 이렇게 가슴이 두근거린 적이 있었던가.

이 나이가 되어서도 여자들에게 집적거린 적은 많다. 하지만 어디까지나 습관적인 행동일 뿐이었다. 정말로 여자에게 반했다거나, 여자를 품고 싶어서 집적거린 적은 없다. 물론 욕망이 일어날 때도 있긴 하다.

하지만 한순간이다. 그런 욕망을 오래 기억하기에는 나이가 너무나 많이 들었다. 그리고 그런 사심에 흔들리기에는 너무도 거친 인생을 살아오기도 했다.

한데, 루브르는 지금 마치 이십대에나 느낄 수 있을 그런 기분을 느끼고 있었다.

백옥처럼 매끄러운 피부를 가진 여인들.

'다, 다섯이군.'

다섯 여인은 서로 깔깔거리며 물장난을 치고 있었다. 루브르는 열병이라도 앓는 사람처럼 몸이 더워졌다.

'꿀꺽!'

목구멍으로 침이 꿀꺽 넘어갔다.

'선녀인가? 어째서 이런 곳에 저런 처자들이……'

루브르는 거부할 수 없는 어떤 힘에 이끌리듯 천천히 앞으로 나아갔다. 여인들은 루브르를 의식하지 못한 듯 자기네들끼리 장난치고 놀기에 정신이 없었다.

참방!

'이크! 물소리가 너무 컸구나!'

루브르는 발목에 와 닿는 차가운 감촉 때문에 정신이 화들짝 돌아왔다.

마침 여인들이 루브르의 출현에 깜짝 놀란 듯 고개를 돌렸다. 하지만 곧 그녀들은 정말이지, 선녀처럼 부드러운 미소를 지으며 루브르가 있는 곳으로 슬며시 다가왔다.

그 동작이 어찌나 부드러운지 마치 그녀들의 몸이 물속에 녹은 듯 보였다.

"어머, 여기에는 어떻게 오신 분이세요?"

"가엾어라. 길을 잃었나 보군요?"

여인들은 저마다 한마디씩 내뱉으며 루브르에게 다가왔다. 그녀들의 태도가 어찌나 태연자약한지 보고 있는 루브르가 오히려 부끄러울 정도였다.

봉긋하게 솟은 젖가슴에 분홍빛으로 살며시 고개를 쳐든 유두가 훤히 보이는데도 여인들은 팔을 들어 가릴 생각도 하지 않았다.

"끄음… 좀 씻고 싶어서……."

루브르는 간신히 말을 꺼냈다. 평소의 그답지 않게 말까지 더듬으면서.

여인들은 미끄러지듯 루브르에게 엉기며 그를 수심으로 인도했다.

"호호, 땀 좀 봐."

"아직 봄이 채 오지도 않았는데 여름의 열정을 느끼고 계시나 봐."

그녀들은 과연 선녀처럼 말을 했다.

루브르도 그것이 싫지는 않았다.

'그래, 봄이 채 오지도 않았지. 그런데도 너무나 덥구나. 그런데 정말 물은 왜 이렇게 시원하기만 하지?'

조금 이상한 생각이 들었다. 이 시기의 계곡물이라면 발목만 담가도 화들짝 놀랄 만큼 시리기 마련이다.

한데 온몸이 젖어가는데도 루브르는 그저 시원하기만 했다. 여인들의 매끄러운 몸은 그를 열병 환자처럼 몽환에 시달리게 만들었다.

사삭! 사사삭!

사야는 숲 사이를 바람처럼 내달렸다.

나뭇가지 위에 걸터앉아서 쉬고 있을 때, 누군가의 비명 소리를 들었다.

어쩌면 그렇게 처절하고 고통스러운 비명을 지를 수 있을까?

그것은 절망에 가득 찬 사람의 비명이었다. 희망이라고는 볼 수 없는 자의 비명 소리였다.

사야는 어금니를 꽉 깨물었다.

그런 비명을 내지른 사람이 어떤 심정인지 누구보다도 그녀가 잘 알고 있다.

"아아아악!"

비명 소리가 더욱 가까워졌다.

그제야 사야는 마수들 중 아무도 자신의 뒤를 쫓아오지 않는다는 사실을 깨달았다.

하지만 상관없다. 얼른 일을 처리하고 돌아가면 그만이다.

아니나 다를까, 목적지에 다다르자 사야가 예상하고 있던 장면이 버젓이 벌어지고 있었다.

구릿빛 피부의 건장한 체구의 남자가 한 소녀를 겁탈하는 중이었다.

만약 사야가 조금이라도 제정신을 차리고 있었더라면 이런 숲 속에 소녀와 남자가 어째서 나타났는지 꼼꼼하게 따졌으리라.

하지만 이미 겁탈 장면을 목격한 사야는 눈이 뒤집히고 말았다.

"빌어 처먹을 자식!"

사야는 곧장 시위를 당겼다.

패앵! 쒜에엑!

시위를 떠난 화살이 빛살처럼 날아갔다.

푹!

화살이 남자의 목을 관통했다.

하지만 남자는 괴로워하는 기색도 없이 하던 짓을 계속했다. 여자의 옷을 찢어버리고, 아랫도리도 잡아당겨서 벗겨냈다. 그리고 긴 혓바닥으로 소녀의 목덜미를 핥아갔다.

사야는 가슴에서부터 뜨거운 무언가가 올라오는 것을 느꼈다. 극심한 분노에 구토마저 느껴질 정도였다.

그녀가 마침 나서려는 찰나,

"끄윽!"

소녀를 겁탈하던 남자는 격심한 경련을 일으키더니 그대로 푹 고꾸라졌다.

소녀의 눈빛이 흐릿해져 있었다.

소녀의 손에는 짧은 단도가 쥐어져 있었다.

"개새끼."

소녀가 쓰러진 남자를 보며 나직하게 욕지기를 뱉었다.

사야는 자신도 모르게 주먹을 불끈 쥐었다.

소녀가 해낸 것이다. 자신을 겁탈하던 남자의 복부에 단검을 쑤셔 박고 위기를 모면한 게다.

소녀는 남자의 가슴 위에 올라탔다. 그리고 단도를 하늘 높이 치켜들었다.

사야는 흐뭇한 표정으로 소녀를 보았다.

'죄를 지은 자에게 벌을 내려야 해!'

푸샥! 푸샥! 푹!

소녀는 흐릿한 초점으로 사정없이 단도를 내리찍기 시작했다. 단도에 무참히 난도질당한 남자의 얼굴은 이제 알아보기도 힘들 정도였다.

사야는 입꼬리를 치켜올렸다.

사내를 한껏 비웃는 듯 그녀는 조소를 떠올리며 입꼬리를 뒤틀어 웃었다.

"너 이 자식."

이카렌은 이를 부드득 갈고는 상대를 쏘아보았다.

"왜 그러나, 이카렌?"

"왜? 왜라고? 너 이 자식, 지금 누구 앞에서……."

"그러지 말고 이야기나 하지."

상대는 몸을 돌리고 걸음을 옮겼다.

"거기 서, 슈안!"

이카렌이 천둥처럼 외치자 슈안이 걸음을 멈췄다.

이카렌은 그의 등을 노려보며 말했다.

"이유 따위는 묻지 않겠다. 여기서 승부를 내자."

"나를 이길 수 있다고 생각하나, 이카렌?"

슈안이 몸을 돌리고 활짝 웃었다.

그 웃음을 본 이카렌은 속이 뒤틀렸다.

그야말로 해맑은 웃음이었다. 상대를 향한 조소도, 자조적인 웃음도 아닌, 우스워서 어쩔 수 없이 터뜨린 웃음이다.

그만큼 자신을 아무것도 아닌 것으로 여긴다는 뜻이리라.

이카렌은 창을 움켜쥐고 허연 이를 드러내며 말했다.

"내가 오늘 널 죽이지 못하면 인간이기를 포기하지."

"하하하, 이카렌. 자네는 지금까지 자네가 인간답게 행동한 적이 있다고 생각하나?"

"뭣이?"

"마수를 배반한 나와 살해를 일삼은 너와 누가 더 나쁜 놈인지 세상에게 물어볼까?"

"닥쳐!"

이카렌은 노호성을 터뜨리며 몸을 튕겨냈다.

그의 창이 허공을 가르며 슈안의 미간을 향해 곧게 날아갔다. 하지만 창날이 미간을 뚫어버렸다고 생각한 순간, 슈안의 모습은 신기루처럼 사라졌다.

"제길!"

이카렌은 그대로 몸을 돌리며 창을 휘돌렸다.

슈안은 이번에도 가볍게 몸을 옆으로 움직여 피해냈다.

"이카렌, 자네는 너무 기분 내키는 대로 행동해. 하등한 동물과 다를 바가 없지."

이카렌은 눈알이 뒤집힌 채 슈안을 향해 쇄도해 들어갔다.

소화는 고운 주먹을 꼭 말아 쥐었다.

그녀를 호위하고 있는 여덟의 여인은 식은땀을 흘리며 주위를 경계했다.

"이런 장치가 있었다니……."

소화는 불쾌감에 휩싸인 채 낮게 중얼거렸다.

각종 기관 장치가 주변에 잔뜩 매설되어 있었다. 게다가 숲은 안개까지 자욱해서 한 치 앞을 내다보기도 힘들 지경이다.

"호호호."

"후후후."

안개 속 어디선가 여인들의 웃음소리가 메아리처럼 번져 나왔다. 용병단원들의 웃음소리가 아니다. 다른 누군가가 있는 게다. 그 웃음소리가 어쩐지 익숙하다고 생각되면서도 소름이 끼친다.

보이지 않는 적, 곳곳에 매설된 기관 장치.

여인들에게는 뼈아픈 기억이 있는 곳.

바로 사굉의 은둔지에서 단원 세 명이 목숨을 잃었던 그곳과 너무도 닮았다.

그녀들은 극도의 긴장 상태였다.

어디서 누가 어떻게 치고 나올지 알 수 없는 상황.

소화는 어금니를 깨물었다.

어쩌다가 이런 곳까지 들어와 버린 걸까? 기억을 되살려 보려고 해도 도무지 기억이 나지 않는다. 정신을 차려보니 주위는 온통 기관 장치로 둘러싸였고, 안개 너머에는 수상쩍은 기척이 끊임없이 느껴졌다.

문제는 이곳에 함께 온 단원 중 누구도 그녀들이 왜 이곳에 와 있는지 이해하지 못하고 있다는 점이다.

마치 뭔가에 홀린 듯 그녀들은 걸음을 옮겨 어딘지도 모를 이 숲 한가운데에서 안절부절못하는 상황이 된 게다.

사아아!

바람이 불었다.

봄바람처럼 부드러웠지만, 여인들에게는 칼바람처럼 매서 웠다.

극도의 긴장 상태에 있던 여인들은 경기를 일으키듯 몸을 휙 돌려세웠다.

순간, 소화가 날카롭게 소리쳤다.

"조심해! 기관이 발동될 수 있어!"

소화의 주의에 여인들은 애써 침착함을 되찾으며 눈알을 굴렸다.

그저 바람이다.

변한 것은 아무것도 없다.

학우는 소리를 따라서 부지런히 걸음을 옮겼다. 우거진 나뭇가지를 헤치고, 풀숲을 성큼성큼 내디디며 거침없이 나아갔다.

지금 잔뜩 화가 나서 포효를 내지르고 있는 상대는 사람이 아니다. 곰이다. 어디에선가 곰은 누군가를 향해 죽여 버리겠다고 소리치는 중이다.

무슨 일일까?

어째서 곰이 저렇게 화가 난 것일까?

곰의 상태로 보아서는 곰을 화나게 한 것은 사람일 가능성이 크다. 어째서 이런 곳에 사람이 있는 걸까?

학우는 의문을 머릿속에 재워두며 걸음을 옮겼다.

이윽고 물가에 다다랐을 때, 학우는 곰을 보았다. 그리고 그 앞에 오들오들 떨고 있는 소년도 보았다.

곰은 금방이라도 앞발을 휘둘러 소년을 후려칠 기세였다.

"저런!"

학우는 곧장 곰을 향해 소통술을 걸었다.

일단 곰을 진정시키는 것이 최우선이다.

하지만 곰은 자신에게 대화를 걸어오는 제삼자를 달갑지 않은 듯 힐끗 바라볼 뿐 의사를 소통할 생각이 없는 듯했다.

학우는 해쓱한 표정이 됐다.

이런 경험은 전에도 있지 않았던가. 자신의 안일한 자만으로 공연 도중 귀족의 아이를 죽인 적이 있었다. 그 탓에 악마의 뿔이라는 무시무시한 곳에 갇히지 않았던가.

쿠르르릉!

곰은 잔뜩 성이 나서 앞발을 치켜올렸다.

'안 돼!'

두 번의 실수가 있어서는 안 된다.

학우는 재빨리 양손을 들어 올려 벌레들을 불러냈다.

소통술을 이용해서 곰을 달랠 수 없다면, 곰을 공격해서 죽이는 수밖에.

'음?'

학우는 눈썹을 꿈틀거리고는 자신의 소매 끝을 바라보았다.

벌레가 나오지 않는다.

'왜 이러지?'

학우는 다시 신경을 집중하고 오러를 다스렸다. 그리고 날벌레들에게 곰을 공격하도록 명령을 내렸다.

하지만 이번에도 반응은 마찬가지였다.

아주 잠시였지만 학우는 무척이나 당황했다. 그러나 곧 그는 자조적인 미소를 피식 지었다.

"당했군."

그는 미련없이 몸을 돌렸다. 소년이 곰에게 밟혀 죽든 찢겨 죽든 상관하지 않겠다는 듯.

Chapter 5

Charm 참마스터
Master

월랑은 차갑게 가라앉은 시선으로 불쑥 나타난 노사내를
바라보았다.

사라진 마수들 대신 숲 사이에서 뚜벅뚜벅 걸어나온 사람
은 허리가 구부정하고 백염이 성성한 노인이었다. 키는 루브
르처럼 작았으며, 자신의 키보다도 큰 지팡이를 짚은 채 걸음
을 옮기고 있었다.

처음 숲에서 나온 그는 월랑을 보고 짐짓 놀란 표정을 지었
지만 이내 침착하게 발걸음을 옮겼다.

그는 바위에 걸터앉았다.

월랑이 차분한 목소리로 물었다.

"뉘시오?"

"흘흘, 부적술을 익혔다더니. 그래서인지 정신력이 강하구나."

월랑은 무슨 소리냐는 듯 이맛살을 슬쩍 찌푸렸다.

"용케도 시험에 빠지지 않았으니 말일세."

월랑은 그제야 마수들이 어떤 상태인지 짐작할 수 있었다.

"제2의 관문, 인문이로군."

"흘흘, 그렇다네. 자네 부하들은 지금쯤……."

"부하가 아니라 동료요."

"그래, 뭐, 어찌 됐든 그들은 지금쯤 치열한 싸움을 하고 있을 테지."

"시험이라면… 역시 허상이란 말이오?"

"허상이라……. 글쎄, 무엇을 허상이라고 생각하느냐?"

"존재하지 않지만 존재하는 척하는 것."

"그렇다면 자네는 이 바위가 실제로 존재한다고 생각하는가?"

"당연한 것 아니오."

"그걸 증명할 방법은?"

"눈에 보이지 않소."

"하나, 자네가 태어날 때부터 맹인이었다면? 그렇다면 이 바위는 존재하지 않는 것인가?"

"만져지지 않소."

"만진다는 것은 자네의 촉감이지. 그 감각을 절대적으로 신뢰할 수 있다는 말인가? 가령, 자네 팔을 밧줄로 꽁꽁 묶은 다음 피가 통하지 않는 상태에서 무언가를 만지게 했다고 하세. 그럼 자네는 그게 무엇인지 정확하게 인지할 수 있단 말인가?"

월랑은 눈썹을 찌푸렸다.

이 노인은 난데없이 나타나서 무슨 수수께끼 같은 소리만 늘어놓고 있는 건가? 보아하니 루멘교의 성직자인 모양인데 아마도 지문의 문지기쯤 되리라.

월랑은 어깨를 으쓱이고 대답했다.

"피가 통하지 않으니 감각이 잘못될 수도 있겠지요."

"그렇다면 피가 잘 통할 때 만진 그 감각은 절대적으로 믿을 수 있는 감각이란 말인가? 피가 통하지 않았을 때 만진 그 감각은 어째서 거짓이란 말인가?"

월랑은 슬슬 짜증이 나기 시작했다.

"원하는 대답이 무엇이오?"

노사내는 고개를 가만히 가로저었다. 그러면서 그는 껄껄 웃었다.

"그저 자네 생각이 궁금했을 뿐일세."

"분명 감각이라는 건 절대적으로 신뢰할 것이 못 되오. 중요한 것은 영이지. 바로 정신 말이오."

"호오, 그래서?"

"하지만 인간은 태어날 때부터 감각에 의존하는 것이 습관화되었으므로 이 감각이 때론 정신을 지배하게 마련이오. 바위 위에서 아래를 내려다보면 현기증을 느끼지 않지만, 높은 절벽 위에서 아래를 내려다보면 현기증을 느끼듯이. 눈으로 보고, 냄새를 맡고, 손으로 만져지는 그 감각을 믿어버리는 게 자연스러워진 셈이오. 이제 됐소?"

노사내가 무릎을 탁 쳤다.

"옳거니! 바로 그걸세."

"뭐가 말입니까?"

월랑은 가볍게 한숨을 내쉬고는 물었다.

어쨌든 동료를 찾기 위해서는 이 노사내와 놀아줄 수밖에 없다고 생각했다.

"바로 자네가 말한 것 말일세. 인간은 비록 거짓된 감각일지라도, 그러니까… 가령, 자네가 말했듯이 높은 절벽 위에 서 있는 것이나 낮은 바위 위에 서 있는 것이나 그 인간에게 가해진 어떤 위협이 없음에도 감각을 받아들이는 정신이 다르다는 게야. 똑같은 자세로 똑같이 서 있더라도 절벽 위에 선 자가 떨어져 죽기 십상이지."

"해서 하고자 하는 말씀은?"

"자네 부하, 아니, 자네 친구들이 지금 그 지경이라는 걸세."

"자세히."

"자네 친구들은 환시, 환청, 환각에 시달리고 있을 게야. 하지만 그것이 진실이 아니라고 하더라도 인간은 이미 감각을 꽤나 믿고 의존하는 동물이 됐네. 때문에 자네 친구들은 진실보다는 그 감각을 쫓을 테고, 그러다 보면 어느새 절벽 위에서……."

노인은 자갈돌 하나를 바위 위에서 툭 떨어뜨렸다.

"…떨어지는 자와 같은 꼴을 당하는 게지."

"비록 환상이라고 할지라도 정신이 진실로 받아들이면 생명에도 위협을 준다는 말이오?"

"흘흘흘, 역시 이해가 빠르구나."

"그럼 그들이 그 환상을 깰 확률은?"

"없다고 봐야 할 게야. 환상 안에서 의지적 모순이 일어나지 않는 이상."

"의지적 모순이라는 건……."

월랑이 재차 질문하려던 찰나, 숲이 꿈틀거렸다.

월랑은 재빨리 철침을 꺼내 들고 경계 태세를 갖췄다. 긴장한 사람은 그뿐만이 아니었다.

노인 역시 바위에서 엉덩이를 떼어내고는 지팡이를 움켜잡았다.

"휴우~ 내가 도대체 어디까지 갔다 온 거야?"

"학우?"

월랑은 눈을 동그랗게 뜨고 학우를 보았다.

학우는 월랑을 힐끗 보고는 노사내를 보더니 픽 웃었다.

"미안, 미안. 잠깐 당했지, 뭐야. 그런데 꼴을 보니 나만 당한 게 아닌가 보군?"

월랑이 웃으며 대꾸했다.

"너만 당하지 않은 걸지도."

"그런가? 하긴… 나 역시 충인이 아니었다면 지금쯤 헤매고 있을 거야. 곤충과 공생 관계였기에 망정이지."

"후후후."

월랑은 가볍게 웃어넘기고는 노인을 바라보았다.

노인은 처음에 입을 쩍 벌리고 있다가 이내 진정이 된 듯 정색을 한 채 월랑을 마주 보았다.

"생각을 못했군. 곤충과 공생 관계일 줄이야."

"인간보다 하등한 미물이 인간보다 똑똑한 면도 있군요."

"훗, 자만하지 말게나. 다른 부하, 아니, 친구들은 어쩌려고?"

"그들이라면… 문제없습니다."

"문제없다라……. 믿음이라는 건가? 흘흘."

월랑은 가볍게 웃으며 고개를 저었다.

"믿음만큼 진실과 동떨어진 것도 없지요. 믿음이란 언제나 진실과 별개입니다. 그것이야말로 한낱 허상일 뿐이지요. 다만 한 가지, 그런 허상일지라도 하나는 믿습니다."

"믿는다? 무엇을?"

"그들이 지금까지 해온 노력들입니다. 그리고 나에 대한 그들의 믿음을 믿습니다."

노인은 손사래를 치며 말했다.

"말장난이군."

"그 말장난이 기적을 보일 겁니다."

"흘흘. 믿는 검 자루에 목이 날아간다는 말이 가장 진실에 가까운 속담이야."

"그럴까요?"

월랑은 피식 웃었다.

노인은 순간 반사적으로 지팡이를 들고 물러설 뻔했다.

월랑의 표정에서 냉혹한 미소를 보았기 때문이다. 그 미소는 약간의 분노와 냉소, 그리고 자조적인 느낌마저 풍기는 묘한 웃음이었다.

그리고 무엇보다 그의 전신에서 이글이글 끓어오르는 오러가 심상치 않았다.

'이건… 오러가 아니군.'

오러라기보다는 영기다. 신성력과도 다르고 오러와도 다른 그 무엇이 월랑의 체내에서 끓어오르고 있었다. 정확히 말하자면 영내라고 해야 할 게다.

순간 월랑이 입을 열었다.

"이카렌! 사야! 루브르! 소화!"

"큭!"

"헛!"

뇌를 울리는 듯한 소리에 노인과 학우는 본능적으로 귀를 틀어막고 주저앉았다.

하지만 노인은 알고 있었다.

월랑이 크게 소리친 것이 아니라는 것을.

그는 정말 힘도 들이지 않고 말하는 듯했다. 그저 옆사람에게 조곤조곤 이야기하듯 그렇게 목소리를 끌어냈다.

그런데 뇌가 울린다.

아직도 머리 안에서 월랑의 소리가 쩌렁쩌렁 메아리를 친다. 영력을 가해서 소리에 영기를 섞어 넣었기 때문이리라. 이런 소리라면 아무리 환상에 이끌려 정신이 다른 세계에 가 있더라도 들을 수 있다. 아마 듣지 않는 게 더 이상하리라.

이어지는 월랑의 목소리는 영력이 섞이지 않았다. 그는 정말 조곤조곤하게 속삭이듯 말했다.

"너희들을… 믿는다. 그만 놀고 돌아와. 이제 가야지."

말을 마친 월랑은 노인을 보고 씨익 웃었다.

'뭐, 이런 녀석이……'

노인은 놀란 표정으로 월랑을 보면서 식은땀을 흘렸다.

월랑이 노인을 향해 말했다.

"영감님께서 하신 말씀은 모두 맞습니다. 하지만 인간은 혼자 사는 동물이 아니지요. 인간이 강할 수 있었던 이유는 유대할 줄 알았기 때문입니다. 그리고 생각을 할 줄 알았고,

비록 허상일지라도 믿을 줄 알았기 때문이지요."

"흘흘, 흘흘흘."

노인은 뭐가 그리 웃긴지 이내 배꼽을 잡고 웃기 시작했다.

조소도 아니고 냉소도 아니었다.

그저 오랜만에 터져 나온 시원한 웃음이었다.

루브르는 여인의 봉긋한 젖무덤을 움켜쥐었다. 부드러운 살결이 손가락 사이사이로 느껴진다.

"하앙!"

여인의 입에서 뜨거운 숨결이 토해졌다.

향긋한 내음이 전해진다.

루브르는 심장이 뛰었다. 그는 몸살을 심하게 앓는 사람처럼 벌벌 떨었다. 추워서가 아니다.

오히려 차가운 물속에 있으면서도 그는 열탕에 들어온 사람처럼 땀을 줄줄 흘렸다.

이런 극락이 어디 있단 말인가!

루브르는 침을 꼴깍 삼키며 다른 여인에게도 손을 뻗었다.

"아이참!"

여인은 귀엽게 앙탈을 부리며 몸을 빼내려고 했다. 하지만 루브르는 허우적거리며 여인을 쫓았다. 그녀의 가는 팔을 움켜잡자 여린 신음 소리가 흘러나왔다.

"아아……."

"후후후."

루브르는 낮게 웃음을 흘리며 여인을 끌어당겨 품에 안았다. 여인이 루브르의 품 안에서 꿈틀거렸다.

"호호호."

다른 여인들도 루브르의 몸에 엉키며 간지러운 웃음을 흘려댔다.

"아아~"

여인 한 명이 루브르의 목덜미를 핥았다.

"흐윽!"

루브르는 마치 경련을 일으키듯 제자리에서 부르르 떨었다. 지금까지 태어나서 한 번도 맛보지 못했던 쾌락이 그의 전신을 휘감았다. 그는 마치 번개라도 맞은 듯 온몸이 찌릿찌릿했다.

루브르는 이루 말로 표현할 수 없을 쾌락을 만끽하며 여인의 둔부를 콱 움켜잡았다.

"아잉!"

루브르의 목덜미에 키스를 하던 여인이 교태를 부리며 목을 살며시 깨물었다.

"흐윽!"

여인의 새하얀 이가 루브르의 쭈글쭈글한 살결을 파고들었다. 그건 또 다른 쾌감이었다.

그는 이대로 죽어도 여한이 없을 거라고 생각했다. 인생의 마지막이 이런 극락이라면 이것 또한 괜찮지 않은가!

그런데 그때, 루브르는 몸을 흠칫 떨었다.

그는 놀란 듯 동공을 부풀리고 주위를 훑었다.

루브르에게 뒤엉킨 여인들도 이상한 낌새를 눈치챘는지 비음을 섞어 물어왔다.

"왜 그러세요?"

"아, 아니. 아무것도 아냐."

루브르는 가까스로 대답하면서 여인의 어깨에 팔을 둘렀다. 여인은 다시 곱게 미소 지으며 루브르에게 맨살을 비볐다.

"끄음."

루브르는 미간을 찡그리고 신음을 흘렸다.

좀 전처럼 몸서리쳐질 정도의 쾌감 때문이 아니다. 오히려 그 반대 현상이 일어났다.

도무지 집중이 되지 않는다.

조금 전, 무슨 이유 때문인지 그의 가슴 언저리가 서늘해졌었다.

그때부터 갑자기 알 수 없는 위화감에 사로잡힌다.

우연일까?

문득 월랑의 얼굴이 떠올랐다.

어쩌면 조금 전 서늘한 기분이 들었던 것은 월랑이 자신을 불렀기 때문일지도 모른다는 생각이 들었다.

"아이참, 무슨 생각을 그리 골똘히 해요?"

여인이 루브르를 꼭 껴안았다. 숨이 막힌다.

루브르는 가까스로 품에 손을 집어넣었다. 그리고 손끝에 걸린 종잇조각을 꺼냈다.

"으응? 그건 뭐?"

여인이 입술을 동그랗게 모으고 호기심을 드러냈다.

루브르는 그제야 한 손으로 부적을 들고 이로 부적 한쪽을 깨물었다.

예전에 월랑이 만들어준 부적, 바로 금욕부다. 술을 주체하지 못할 때 사용하라고 준 부적이다. 이 부적을 찢으면 그 순간 가장 강한 충동과 유혹을 억누를 수 있다고 했다.

지금이라면 단연 성욕을 억누르고 이성적인 사고가 가능하리라.

"킬킬킬, 네년들을 거품으로 만들 녀석이지."

찌이익!

루브르는 씨익 웃으며 부적을 찢었다.

"헉!"

그는 새파랗게 질린 얼굴로 자신이 처한 상황을 다시 한 번 확인했다.

여인들은 거품으로 변하지 않았다.

대신 우글거리는 뱀 무리로 변한 채 루브르의 전신을 꽉 옭아매고 있었다.

'그, 그만!'

사야는 새파랗게 질린 얼굴로 중얼거렸다.

하지만 중얼거렸다고 생각했을 뿐, 단 한마디도 입 밖으로 나오진 못했다. 그녀의 머릿속에서만 맴돌 뿐이었다.

소녀는 아직도 난도질을 멈추지 않았다.

언제부터일까?

아련하게 먼 곳으로부터 월랑이 부르는 소리를 들었다. 잘못 들은 것이라고 생각했다.

그런데 그때부터 시공이 일그러지기 시작하더니 머리가 어지러워졌다. 이어서 소녀의 얼굴도 변했다.

소녀는 사야의 어릴 적 모습이었다.

어린 사야는 신명이 난 듯 난도질을 하며 웃어젖혔다.

"깔깔깔!"

어째서인지 그 순간, 사야는 눈을 감아버렸다.

소녀의 행동을, 아니, 어린 자신의 행동을 충분히 이해할 수 있다고 생각하면서도 계속해서 남자를 내리찍는 그 모습은 더 이상 보고 싶지 않았다. 더구나 정신을 놓은 듯한 저 웃음소리는 더욱 듣기 싫었다.

"왜 그렇게 괴로워하는 거야?"

사야는 문득 들려온 목소리 때문에 고개를 돌렸다.

나뭇가지 위에 걸터앉은 어린 사야가 자신을 보고 있었다.

"봐, 저렇게 즐거워하잖아. 너도 그래야지."

"아니… 그건……."

사야는 어린 자신이 둘이나 나타났는데도 놀라지 않았다. 대신 대답을 하기 위해서 더듬거렸다.

그러나 뭐라고 대답해야 할지 막막했다.

"변명하지 마. 지금의 너라도 다시 그때로 돌아간다면 저렇게 하겠지?"

"……."

"넌 그때 원장과 그곳에 있던 남자들을 모두 칼로 난도질했어. 죽은 자를 또 죽이고 또 죽였지. 얼마나 속 시원해? 죄를 지은 자들은 벌을 받아야 하거든."

사야는 몸을 가늘게 떨었다.

당시의 기억이 떠올랐다.

절로 몸서리가 쳐진다. 지독한 악몽 같은 기억.

만약 그런 일이 또 벌어진다면? 그때도 자신은 똑같이 행동할까? 형체를 알아보기도 힘들 만큼 난도질을 할까?

사야는 한참 동안 고개를 숙인 채 미동도 하지 않았다.

"응?"

어린 사야가 고개를 갸웃했다.

생각을 끝낸 사야가 고개를 든 것이다. 사야의 표정은 전에 없이 냉담했다.

"이제는 그러지 않겠어. 그땐 한참 어릴 때였거든. 지금이

라면 가능한 한 죄 지은 자를 살려두겠지. 그리고 평생 그 죄
의식에 시달리면서 죽고 싶어도 죽지 못하게 만들 거야."

사야는 픽 웃었다.

그 웃음이 어찌나 싸늘한지 나뭇가지에 걸터앉아 있던 어
린 사야는 자칫 뒤로 넘어갈 뻔했다.

"그리고……."

사야는 천천히 활을 들었다.

"내 안에 있는 나약한 너희들도 이젠 끝이야."

"뭐, 뭐 하는 거야?"

어린 사야가 양손을 들어 올리며 울먹였다.

하지만 사야는 망설임없이 당긴 시위를 놓았다.

패앵!

쒜에엑!

허공을 가르며 날아간 화살은 그대로 어린 사야의 이마에
꽂혔다.

이어서 사야는 아직도 사내를 난도질하고 있는 소녀에게
시위를 겨누었다. 소녀 역시 어릴 때의 사야다.

패앵!

쒜에엑!

파공음을 일으키며 화살이 시위를 떠났다.

쒜에엑!

창날이 심장마저 얼려 버릴 듯 날카롭게 뻗어나갔다. 이카렌은 온몸이 땀으로 흠뻑 젖어버렸다.

"슈아안!"

그는 악을 쓰듯 소리치며 다시 바닥을 박찼다.

왜, 어째서 맞지 않는 건가?

계산이 틀림없다면 슈안은 절대로 자신의 공격을 피할 수 없을 터다. 한데 슈안은 지금 입가에 조소까지 떠올린 채 유유히 창날 사이를 오가고 있다.

어째서, 어째서 항상 슈안은 자신보다 앞서가는 건가!

늘 그래 왔다. 지금까지.

두 사람이 대결을 벌인 적은 한 차례도 없었다. 하지만 대결을 벌인다고 하더라도 그 결과에 대해서는 서로가 너무나도 잘 알고 있다.

말할 것도 없이 슈안의 승리일 게다.

지금처럼 늘 이카렌은 슈안의 그림자만 쫓아갈 뿐이다.

"어째서!"

쒜엑!

이카렌의 창날이 다시 한 번 곧게 날아갔다. 그러나 이번에도 슈안은 유유히 피했다.

그때였다.

"이카렌!"

이카렌은 창을 곧장 뻗은 상태에서 뒤통수라도 맞은 듯 눈을 부릅떴다.

'월랑의 목소리!'

방금 들은 건 월랑의 목소리가 분명했다.

하지만 이카렌은 주위를 둘러볼 여유가 없다. 눈앞에 적을 두고 한눈을 팔 수는 없다.

'월랑이 보고 있는 건가?'

이카렌은 재빨리 슈안의 그림자를 쫓으며 생각했다.

만약 그가 보고 있다면 무슨 말을 할 것인가? 월랑이라면 자신에게 어떻게 조언을 해줄까?

"풋!"

이카렌은 갑자기 우뚝 멈춰 서서 웃음을 터뜨렸다.

신형을 움직이던 슈안이 마주 보며 고개를 갸웃거렸다.

"왜 그러나?"

"쿡쿡, 웃겨서 말이야."

"뭐가 말인가?"

이카렌이 고개를 들고 싸늘하게 미소 지었다.

"아직도 제자리걸음을 하고 있는 내 자신이 웃겨서. 한심하기도 하고."

슈안은 이해되지 않는다는 듯 눈살을 찌푸렸다.

이카렌은 그러거나 말거나 자신의 말을 이어갔다.

"그래도 지금부터는 내가 휘두르는 창에 의미를 두기로 했다. 크크크."

"대체 무슨 소리를 하는 건가?"

"죽이고 싶어서가 아니라 죽여야 하기 때문에 죽이기로 했단 말이지."

"뭐?"

쐐에엑!

찰나였다.

이카렌은 표정의 변화도 없이, 팔을 휘두른다는 느낌도 없이 창을 대각선으로 그어 내렸다.

"이런……."

슈안은 동공을 한껏 부풀리고 손을 들어 올린 채 신음을 흘렸다.

그의 가슴에 대각선으로 붉은 선혈이 생겼다. 이내 피가 분수처럼 터져 나왔다.

츄아아아!

이카렌은 몸을 돌리고 걸었다.

"슈안, 진짜로 보게 되면 더 빨리 끝내주지."

그는 그렇게 중얼거리며 월랑에게로 돌아갔다.

소화는 검을 움켜쥔 채 천천히 걸음을 옮겼다.

기관이 발동하지 않도록 최선을 다하면서 걸어야 한다.

소화는 계속해서 생각했다.

어째서 이런 곳에 발을 디디게 된 것인가? 왜 다른 마수들은 보이지 않는가? 그들은 살았을까, 죽었을까? 어째서 기억이 나지 않는가?

의문은 숱하게 떠올랐으나 해결되는 답은 하나도 없었다.

하지만 그만해도 대단한 것이었다.

그녀이기에 그런 질문까지 떠올릴 수 있는 것이었다.

범인이라면, 아니, 다른 마수들도 그런 의혹을 가진 사람은 여태 아무도 없었다.

어쩌면 그녀가 월랑을 쉼없이 호위하면서 언제나 주위를 경계하는 버릇이 있기 때문인지도 모른다.

어쨌든 그런 그녀에게 월랑의 목소리는 확실히 꽂혔다.

"소화!"

소화는 화들짝 놀라며 고개를 들었다.

월랑의 목소리가 어찌나 생생하게 귀에 울리는지 자칫 대답까지 할 뻔했다.

월랑의 목소리가 들림으로 인해서 그녀는 단박에 사태를 짐작해 냈다.

'아직도… 그를 호위하기에는 너무 많이 부족하구나.'

소화는 자조적인 미소를 지으며 검을 내렸다. 다른 단원들이 그녀를 보고 의아한 표정을 지었다.

소화는 단원들을 둘러보며 말했다.

"그들의 죽음은 누구의 탓도 아니야. 중요한 것은 앞으로 내디딜 한 걸음이지. 자신을 믿고 동료를 믿는다면 위기도 기회로 바뀔 거야."

난데없이 무슨 이야기일까?

하지만 단원들은 모두 소화의 말뜻을 알아들었다.

단원들 모두 하나의 기억에서 자유롭지 못했다. 기관에 당해서 죽은 세 명의 여인. 자매처럼 가까운 자들이 죽었기에 남은 단원들은 가슴 깊은 곳에서 눈물을 흘려야 했다.

소화의 말은 그들을 이제 그만 놓아주자는 것이다. 그리고 앞으로 다가올 내일을 보자는 게다. 그리고 현재 옆에 있는 동료를 믿자는 게다.

유향이 선뜻 나서서 말했다.

"이제 그만 그들을 놓겠어요."

그녀는 해맑은 미소까지 지었다.

그의 미소는 마력이 들어 있다.

단원들은 부단장인 유향이 웃자 마음이 눈 녹듯이 풀렸다. 그녀들은 모두 서로를 바라보며 고개를 끄덕였다. 그걸로 된 게다.

시공이 일그러지면서 기관이 사라지기 시작했다.

숲에서 가장 마지막으로 나온 사람은 루브르였다.

"염병할."

루브르는 욕지기를 뱉으며 온통 물에 젖은 몰골로 모습을 드러냈다.

월랑이 픗, 웃으며 말했다.

"늦었어, 루브르."

"니미럴, 천국에 좀 갔다 왔거든. 지독한 천국이었지. 킬킬킬."

대꾸하는 루브르를 보면서 월랑이 눈을 치떴다.

"상처는 어떻게 된 거야?"

"계집… 아니, 뱀한테 물렸어."

사야가 픽 웃으며 핀잔을 주었다.

"보나마나 또 색에 홀렸네."

"닥쳐, 이것아. 남은 지금 목숨이 오락가락하는데."

루브르는 눈꺼풀을 힘겹게 들어 올리며 말을 이었다.

하지만 그마저도 간신히 내뱉는 듯했다. 루브르의 안색은 급격히 나빠졌다.

피부는 허옇게 뜨고, 눈 밑에는 푸르스름한 그늘이 짙게 드리워졌다.

"위험한 거 아냐?"

멀거니 지켜보고 있던 이카렌이 불안한 목소리로 물었다. 그제야 사야도 다가와서 루브르를 부축했다.

"괜찮아요?"

"킬킬. 계집아, 어르신 돌아가시려고 하니까 이제 말꼬리가 길어지는구나."

루브르는 농담을 던지면서도 호흡을 가쁘게 내쉬었다.

상황이 별로 좋지 않다.

시험에 빠졌던 마수들은 모두 돌아왔지만, 루브르는 상처를 입고 돌아왔다. 다른 사람이 상처를 입었다면 루브르가 치료하겠지만, 정작 루브르 자신이 상처를 입고 왔으니 상황이 애매하게 됐다.

게다가 손이나 발도 아니고, 목덜미에 이빨 자국이 선명했다.

"어쩌지?"

사야가 월랑을 쳐다보았다.

다른 마수들도 그녀의 시선을 따라서 월랑을 바라보았다.

응급처치를 위해서라도 부적을 쓰지 않겠냐는 것이다.

하지만 월랑은 부적을 쓸 생각은 조금도 하지 않았다.

대신 그는 몸을 돌려 바위에 걸터앉은 노인에게 말했다.

"신관님, 부탁드립니다."

"잉? 뭘 말인가?"

신관은 태연히 귀를 후비며 말을 받았다.

"살려주십시오. 시험에서 통과하지 않았습니까?"

"크흠… 글쎄… 좀 더 간곡하게 부탁해 보든지."

하지만 월랑은 여전히 무표정한 얼굴로 그 노신관을 지그시 바라보았다.

"그냥 죽게 놔둘 생각입니까?"

노신관도 지지 않고 월랑을 물끄러미 마주 응시했다.

그러나 이내 그는 자리를 털고 일어났다.

"흥! 귀여운 구석이라곤 없는 젊은이군."

월랑은 가볍게 웃으며 목례를 했다.

어차피 신관은 루브르를 치료할 수밖에 없는 것이다.

인문은 시험을 당하는 관문이다. 시험을 통과한 자는 인문을 지나서 걸어갈 수 있다. 이미 시험을 극복한 자를 굳이 죽일 필요는 없는 것이다. 더구나 루멘교의 신은 굳건한 의지를 가진 자라면 누구든 보호하는 성향이 있다.

그러니 루멘교의 신관이 시험에 통과한 자를 죽어가도록 내버려 두진 않을 거라고 여긴 게다.

신관은 지팡이를 짚고 저벅저벅 걸어갔다.

마수들이 흩어져서 자리를 피해주었다.

루브르는 무릎을 구부리고 앉는 신관을 보며 피식 실소를 뱉었다.

"살면서 신성력으로 치료를 받게 될 줄이야."

"흘흘. 영광으로 아시오."

꼬장꼬장한 노신관은 그렇게 대꾸하고는 손을 뻗었다. 순간 그의 손끝에서 새하얀 광채가 맺혔다.

"따뜻……."

루브르는 한없이 따뜻한 기운을 느끼며 스르르 눈을 감았다.

노신관은 식은땀을 바작바작 흘렸다.

하지만 루브르의 상처는 놀라운 속도로 치유되고 있었다.

선명하게 새겨진 두 개의 이빨 자국이 점차 짙어지는가 싶더니 녹색의 독액이 진득하게 뽑아졌다. 뽑힌 독액은 시커먼 연기까지 내면서 공기 중으로 타들어갔다.

한참 동안 독액이 나오고 나자, 이어서 붉은 피가 흘러나왔다.

노신관은 손가락 끝으로 그 피를 살짝 묻혀서 이빨 자국이 난 곳에 살며시 문질렀다. 그러자 놀랍게도 자국이 감쪽같이 사라지고 상처도 완전히 나았다.

동시에 루브르가 눈을 떴다.

"괜찮아?"

월랑이 묻자 루브르는 놀란 표정으로 노신관을 돌아보았다.

"어떻게 이렇게 빨리……."

"신성력을 사용했으니 빠른 거요."

루브르는 목을 이리저리 돌려보고 어깨도 휘휘 휘둘렀다. 무리가 없다. 그야말로 푹 자고 개운하게 일어난 기분이다.

"이게… 신성력……."

"흘흘. 하지만 부적의 영향을 받은 몸이라 애 좀 먹었소이다."

"끄음. 고, 고맙소."

의사로서 다른 사람에게 치료를 받았다는 것은 못내 내키지 않았지만, 노신관의 실력을 그로서도 인정하지 않을 수는 없었다.

월랑은 새삼스러운 눈길로 노신관을 보았다.

"의신관입니까?"

"흘흘, 나 같은 게 의신관까지야. 의신관이라면 훨씬 더 쉽게 치료할 수 있을 테지. 난 그저 이곳 문지기일세."

월랑은 가볍게 고개를 끄덕였다.

노신관은 겸양을 표했지만 실로 대단한 일이 아닐 수 없다.

본래 부적술과 신성력은 상극이라고 볼 수 있다.

신성력은 신의 허락하에 신성한 힘, 혹은 때에 따라서 귀(鬼)를 부른다. 하지만 부적술은 신을 통하는 과정이 생략된다. 인간이 직접 영력을 이용해서 귀, 혹은 초자연 현상을 부르는 것이다.

때문에 성직자들은 부적술사를 곱게 보지 않는다. 더구나 부적의 효력을 적용받은 몸을 신성력으로 치료한다는 것은 웬만한 신앙과 수양을 하지 않고서는 힘든 것이다.

'과연 루멘교는 제국의 국교로 인정받을 만하군.'

비록 세상이 어지러워서 국교의 자리를 내주었지만, 진정한 신성력으로만 놓고 보자면 루멘교를 따라올 곳이 없으리라.

월랑은 고개를 숙였다.

"감사합니다."

"흐흘, 자네들이 시험을 극복한 것이니 내 할 도리를 한 것일 뿐. 이제 어떻게 하겠는가? 여기까지 온 것도 용한데 이대로 돌아가지 않으려는가?"

노신관은 질문을 던져 놓고도 자신이 실수했다는 것을 속으로 인정했다.

마수들의 표정은 하나같이 같은 대답을 하고 있었다.

월랑이 조용한 목소리로 대꾸했다.

"여기까지 왔으니 더 나아가야지요. 돌아갈 생각을 하는 것 자체가 바보스럽군요."

"흐흘, 뭐, 좋을 대로 하게. 루멘 신은 의지가 강한 자들을 보살피시지. 다만… 대신관님을 만나고 싶다면 그만한 의지를 가져야만 하네. 쉽게 보면 큰코다칠 게야."

"명심하지요."

월랑은 가볍게 웃으며 대꾸했다.

노신관은 손을 휘휘 저었다.

"그럼 다들 가봐."

마수들은 가볍게 목례를 하고는 걸음을 옮기기 시작했다.

Chapter 6

Charm 참마스터
Master

마수들은 우뚝 멈춰 서서 허망한 표정으로 앞을 바라보았다.

천문이다.

인문과 달리 누가 말해주지 않아도 천문이라는 것을 단박에 알 수 있었다.

"저길 어떻게 가?"

루브르가 어이없다는 표정으로 중얼거렸다.

대답은 없었다.

누구도 답을 모르는 질문이다.

"어쨌든 신전은 코앞이군."

"그렇긴… 하지."

루브르는 다시 맥 빠진 목소리로 중얼거렸다.

신전은 코앞이다. 이제 조금만 더 가면 된다.

하지만 까마득하게 멀게만 느껴진다.

차라리 보이지 않는 신전을 향해 갈 때가 더 좋았다는 생각이 든다.

만약 전력을 다해 달려간다면 신전까지 몇 초나 걸릴까? 십 초도 걸리지 않을 게다.

그러나 그건 어디까지나 길이 있을 때다. 디딜 땅이 있을 때다.

마수들은 까마득한 절벽 아래를 굽어보았다. 절벽 아래로 새하얀 구름이 유유히 흘러간다. 구름이 강이 되어 흐르는 곳.

루멘교의 신전은 바로 그 너머의 산봉우리에 우뚝 솟아 있었다.

허공을 딛기 전에는 갈 수 없으리라.

"그야말로 천문이로군."

관문 자체가 하늘이다.

하늘을 지나지 않고서야 갈 수 없는 곳. 그야말로 천문이었다.

"하지만 저렇듯 저곳에 신전을 지은 사람도 있어. 우리가 못 가라는 법은 없지."

월랑은 차분히 신전을 바라보며 말했다.

그러고 보니 저런 봉우리 위에 어떻게 신전을 세웠을까? 봉우리는 정확히 신전 하나만 세울 수 있을 정도의 터만 남겨 두고 나머지는 깎아지른 절벽으로 이루어져 있었다.

그런 곳에 정말 신전을 세운 것이다.

"과연 루멘교가 어째서 국교였는지 실감되는군."

"루멘교의 대신관도 있는 곳이야. 우리가 못 갈 이유도 없지."

월랑이 확고한 표정으로 말했다.

루브르가 고개를 돌렸다.

"그래서 갈 방법은 있고?"

"의외로 느리군, 루브르. 제일 먼저 눈치챌 거라고 생각했는데."

"뭐?"

루브르는 눈을 동그랗게 뜨고 월랑을 보았다.

갈 방법이 있다는 말인가? 그것도 자신이 먼저 눈치를 챌 거라고 생각했다니?

루브르는 시선을 돌려 다시 건너편 봉우리 위에 지어진 신전을 멍하니 바라보았다.

저런 곳에 갈 수 있는 방법이라니…….

도무지 생각해도 모르겠다.

'나 원, 길이 없는 곳에서 길을 찾으려니… 잠깐! 길이라?'

순간 어떤 생각이 뇌리를 스쳤다.

그가 실눈을 뜨고 허공을 바라보았다. 그는 마치 공기 속의 먼지까지 가려내려는 듯 한참 동안 아무것도 없는 허공을 응시했다.

뚫어지게 쳐다보면 당장에라도 길이 나타날 것처럼.

그를 본 이카렌이 코웃음을 치며 핀잔을 주었다.

"영감, 그런다고 없던 길이 나타나나?"

"잠깐!"

순간, 루브르의 눈동자에 이채가 서렸다.

그의 눈동자는 뭔가를 쫓듯 좌우로 오락가락 굴렀다.

"과연……"

루브르는 뭔가를 발견했다는 듯 주먹으로 손바닥을 내려쳤다. 그리고 의미심장한 미소를 지으며 월랑을 보았다.

"생각보다 답은 별거 아닌걸."

월랑이 픽 웃으며 말을 받았다.

"모든 마술이 그렇지. 알고 나면 다 시시해지는 법이야."

"하지만……"

루브르의 표정은 다시금 어두워졌다.

"불가능이야."

루브르가 고개를 설레설레 저었다.

다른 마수들은 고개를 갸웃거리고는 두 사람을 쳐다보았다.

도대체 저 두 사람은 무슨 이야기를 하는 건가? 정말 허공을 뚫어지게 응시하면 없는 길이라도 나타난다는 건가? 그리고 불가능하다는 건 또 무슨 말?

마수들은 은근히 월랑의 대답을 기다렸다.

이번에도 기운차게 반박해 주길 바라며, 불가능이란 없다고 말해주길 바라며.

그러나 안타깝게도 월랑은 루브르의 말을 그대로 수긍하고 말았다.

"어려운 일이지. 누구 하나 죽는다고 해도, 아니, 전원 죽는다고 해도 이상할 게 전혀 없지. 이 관문… 위험하군."

마수들은 아연실색한 표정으로 다시 두 사람을 번갈아 보았다.

도대체 뭘 보았기에 이러나.

뭐가 위험하다는 건가? 게다가 전부 죽는다고 해도 이상할 게 없다니!

이카렌이 성질을 내며 소리쳤다.

"속 시원하게 말 좀 해봐!"

*   *   *

석고처럼 새하얀 기둥이 웅장한 지붕을 떠받들고 있었다. 기둥의 둘레는 어른 네댓 명은 둘러야 겨우 안을 것 같았다.

천장에는 신과 인간의 사이를 추상화시킨 그림이 휘황찬란하게 그려져 있었다. 바닥은 붉은 융단이 깔려 있었고, 양쪽으로는 긴 테이블이 회의실처럼 놓여 있었다.

바로 현재 루멘교의 대신전, 퀴른 신전이었다.

테이블에는 루멘교의 성직자 중 중책을 맡고 있는 신관들이 다수 앉아 있었다. 그들은 이런저런 이야기로 웅성거렸다.

잠시 뒤 단상 쪽에서 또랑또랑한 목소리가 불쑥 흘러나왔다.

"대신관님께서 오십니다."

신관들은 하던 이야기를 멈추고 고개를 돌렸으나, 자리에서 일어나거나 특별히 격식을 차리지는 않았다.

대신관은 신관들 중 가장 신성력이 높아 존경받는 사람이다. 다만 그뿐이다. 모든 신관을 대표해서 루멘 신과 소통할 자격이 있는 자.

그는 왕이 아니다.

때문에 그들은 대신관이라고 해서 지나친 예를 표현하지 않았다. 그들이 섬기는 대상은 대신관이 아니라 루멘 신이기 때문에.

대신관은 조용히 걸어와 단상 위의 가장 높은 자리에 앉았다. 이 또한 여러 신관을 대신해 루멘 신과 소통하기 위한 자리일 뿐 어떠한 권위의 상징은 아니었다.

물론 대표자로서의 예우는 받겠지만.

"다행히 모두 오셔서 기다리고 계셨군요."

대신관이 착석하며 말을 꺼내자, 한 신관이 불쾌한 듯 불쑥 말을 꺼냈다.

"어떻게 오지 않을 수 있겠습니까? 이게 보통 일입니까?"

그는 다소 뚱뚱한 체격에 눈꼬리가 치켜올라 가서 언뜻 까다로운 성격으로 보일 만한 자였다. 사실 그는 생긴 대로 고집이 세고 특히 편견이 심한 자였다. 그러나 신앙심은 누구에게도 뒤지지 않을 만큼 견고한 사람이었다.

"이브나비치 신관님의 말씀이 맞습니다. 저는 처음에 이 소식을 접하고 하마터면 붓을 떨어뜨릴 뻔했습니다."

대신전에서 서기관을 맡고 있는 라젠드리 신관이 말을 받았다.

그러자 잠자코 있던 파초 신관이 차분한 목소리로 입을 열었다. 그는 대신전에서 각 부서를 총괄하는 직책이었다.

"자자, 너무 흥분들 하지 마시고, 대신관님의 이야기를 들어보지요."

그제야 신관들은 웅성임을 멈추고 시선을 돌렸다.

대신관은 시종일관 미소를 머금고 있다가 천천히 입을 열었다.

"여러분은 무엇이 그리 염려스러운지요?"

"그야… 물론……."

이번에도 이브나비치가 이맛살을 슬쩍 구기며 대꾸했다.

"…반인류적 범죄를 저지른 마수들이 우리 신전으로 오고 있으니까 그렇지요."

"계속 말씀하세요, 이브나비치."

"그러잖아도 국교에서도 밀려난 형국인데 우리가 그들을 받아들였다고 세간에 소문이라도 나면……."

"나면?"

"크흠……."

이브나비치는 대신관이 의외로 꼬치꼬치 캐물어오자 적잖게 당황한 듯했다.

그는 헛기침을 두어 번 하고는 생각을 정리했다.

"루멘교의 위신이 더욱 추락할 것이 빤하기 때문입니다. 녀석들은 몬스터를 소환하고 세상에 혼란을 준 악마들입니다. 국교인 이라교조차 녀석들 때문에 쩔쩔매고 있지요. 그런 녀석들이 우리 교에 찾아오고 있으니 어찌 태연할 수 있겠습니까? 게다가 녀석들은 지문과 인문을 벌써 지나쳤습니다. 그런 놈들이 신성한 이곳을 바라보고 있다는 것 자체만으로도 치가 떨립니다."

한 번 터진 말문은 시원하게 끝을 맺었다.

이브나비치는 자신이 내뱉은 말에 꽤나 만족한 듯 싱그러운 미소까지 내비쳤다.

대신관은 천천히 고개를 끄덕였다.

"과연 그렇군요. 하지만 이곳은 루멘 신이 가장 가까이 머무는 곳입니다. 그런 만큼 마수들이 이곳으로 온다고 한들 무슨 일이 일어나진 않을 거라고 봅니다."

"제 생각도 그렇습니다. 우선은 마수들이 왜 우리를 찾아왔는지 이야기는 들어볼 필요가 있다고 생각합니다."

파초 신관이 대신관의 의견에 동의했다.

그러자 라젠드리 신관이 이견을 제시했다.

"제 생각은 좀 다릅니다. 녀석들은 위험하기 짝이 없습니다. 더구나 마수의 우두머리인 월랑이라는 자, 그자는 부적술을 익혔다고 들었습니다. 부적술은 신성한 교에서 볼 때 절대적으로 배척해야 할 상대. 게다가 그가 누군지는 대신관께서도 잘 아시지 않습니까? 바로 진가의 후계입니다. 제1가문으로 반역까지 일으키려고 했다가 척살된 그 진가 말입니다."

"맞소! 부적을 익혔다는 것은 신의 뜻을 거스르고 스스로 영계를 다스리겠다는 소리나 다름없습니다! 그런 자는 신의 심판을 받아 죽어 마땅합니다!"

부적 이야기가 나오자 이브나비치가 흥분하며 성토를 했다.

대신관은 가만히 이야기를 듣고 있다가 무겁게 말을 꺼냈다.

"그런데… 정말 부적을 다룬다는 것이 신의 뜻에 위반된다고 생각합니까?"

대신관의 말에 사람들이 웅성거렸다.

지금의 발언은 대신관으로서 상당히 위험한 것이었다. 자칫 신의 존재를 무시하고, 인간이 얼마든지 신의 권능을 대신할 수 있다고 말하는 것으로 오인받을 수도 있었기에.

하지만 대신관은 곧 손을 저으며 일어날 수도 있을 오해를 가라앉혔다.

"물론 인간이 신의 권능에 도전해도 된다는 이야기는 아니오. 다만 나는 몰라서 묻는 것이오. 정말 부적을 사용해서 영계를 이용하는 것이 나쁜 것인지……."

"끄음. 어려운 문제군요."

파초 신관이 고민하듯 말을 받았다.

세계는 하나의 신만 존재하는 것이 아니다. 신과 신들은 서로 싸우기도 하고 의존하기도 한다.

때문에 다양한 종교가 존재한다.

신들 사이에 권력이 존재하기도 한다.

게다가 인간계, 즉 현계에 대한 신의 개입은 상당히 적극적이다.

파초 신관이 알아본 바에 의하면 이계인들이 살던 중원이라는 곳은 좀 달랐다.

그곳 사람들은 신의 존재 자체마저 의심한다고 했다. 신이 인간계에 간섭하는 일은 좀체 없었다고 한다. 전혀 없다고 말해도 될 정도로.

과연 신이 부적술을 이용하는 것에 대해서 어찌 여길까?

그때 헤프레스 신관이 조심스럽게 의견을 제시했다. 그는 교리를 연구하는 직책을 맡은 자였다.

"하지만 중요한 사실은 지금까지 진가에서 부적술을 사용했으나, 그 어떤 신도 이를 제재하지 않았다는 것입니다. 물론 그렇다고 이것이 올바르다고 말할 수는 없겠습니다만, 우리 인간이 판단할 만한 일은 아니라고 생각합니다."

"크흠! 어쨌든 녀석들은 벌써 천문을 앞에 두고 있습니다! 당장 돌려보내야 합니다!"

이브나비치는 이야기가 엉뚱한 곳으로 새는 것에 대해서 불만을 가졌다.

그가 큰 소리로 외치자, 이번에도 헤프레스 신관이 대꾸했다.

"하지만 그게 문제입니다. 천문 앞까지 왔단 말이지요. 그들이 지문을 뚫고 인문을 뚫어서 천문 앞에 도착했단 말입니다. 지문은 그렇다고 치더라도 인문을 뚫고 왔습니다."

"그렇습니다. 인문은 신의 시험이 존재하는 곳. 그곳을 통과했다는 말은 신이 그들을 두고 보는 것과 다름없습니다. 우리가 나서서 억지로 발길을 돌리게 할 수 없다는 말과 같지요."

파초 신관이 고개를 끄덕이며 대꾸했다.

이브나비치는 불편한 표정으로 신음을 흘렸다.

"끄음, 그래도 마수들이건만……."

그는 영 불청객이 못마땅한 모양이었다.

대신관은 가볍게 한숨을 내쉬고는 입을 열었다.

"그럼 거수로 결정하도록 하지요. 마수들을 만나 이야기를 들어보아야 한다고 생각하시는 분? 물론 천문을 통과했을 때의 이야기입니다."

테이블에 앉은 신관들 중 상당수가 손을 들었다.

"그럼 그들을 만나지 말아야 한다고 생각하시는 분?"

이번에도 꽤 많은 신관들이 손을 들었다.

대신관은 난감한 듯 중얼거렸다.

"정확히 반수군요."

"대신관님은 어떻게 생각하십니까?"

"나는 그들의 이야기가 궁금하구려."

질문을 꺼낸 파초가 빙긋이 웃으며 말했다.

"그럼 결론은 내려졌군요."

대신관은 신관들을 둘러보며 말을 이었다.

"반대하신 분들도 괜찮으시겠습니까?"

"대신관님께서 그리 생각하신다니 어쩔 수 없지요."

가장 격하게 반대했던 이브나비치는 떨떠름한 표정으로 대꾸했다. 그렇다고 해서 그가 대신관에게 기분 나쁜 감정을 가지고 있는 것은 아니었다.

다만 그는 지극히 루멘 교의 위신을 걱정하고 있을 뿐이었다.

그것을 잘 알기에 대신관 역시 부드럽게 미소 지으며 대꾸했다.

"아마 별 탈 없을 겁니다."

                    *   *   *

마수들은 딱딱한 표정으로 허공을 응시했다.

제일 먼저 입을 연 사람은 사야였다.

"정말이군."

그녀는 월랑과 루브르의 말이 사실임을 확인했다. 동시에 그녀는 자신의 관찰력에 실망했다.

이런 문제였다면 마수들 중 누구보다도 자신이 가장 먼저 깨달았어야 했다. 난관에 봉착했을 때, 길을 찾으려는 것보다 자꾸만 월랑에게 의존하려고만 하는 게 문제다.

사야는 입술을 꾹 씹으며 몸을 돌렸다.

"세 가닥."

월랑은 고개를 끄덕였다.

마수들은 난감한 표정으로 허공 너머의 신전을 응시했다.

사야가 말한 것은 이쪽 절벽에서 저쪽 절벽까지 연결된 길이다.

그 길이라는 것이 기가 막힐 노릇이다.

올가 세 가닥이 전부다.

올가는 거미줄처럼 가늘다. 아니, 사실 거미줄보다도 더 가늘다. 올가를 눈으로 볼 수 있는 사람은 몇 되지 않는다. 마수들 중에서도 모든 감각이 예민하게 발달된 월랑, 학우, 그리고 시력이 좋은 사야와 올가를 사용하는 루브르뿐이다.

그런 올가를 의지한 채 이 허공을 건너가야 한다는 거다.

위험하기 짝이 없는, 아니, 불가능에 가까운 일이다.

월랑은 마수들을 둘러보며 말했다.

"남고 싶은 자는 남아도 좋아. 아니, 오히려 남길 바라."

올가는 바람에 따라 심하게 흔들린다.

그 올가를 잡고 건너야 한다. 혹은 디디고 건너야 한다.

여기서 가장 유리한 자라면 루브르다. 루브르는 자신의 올가를 이용해서 건너간다면 가능할 것이다.

하지만 다른 마수들은 위험하다.

올가를 잡고 건넌다고 하더라도, 거미줄처럼 가는 올가를 손으로 잡다가는 손바닥이 잘려 나가고 말리라.

발로 디디는 것도 마찬가지.

무게를 견디지 못하고 발바닥이 잘려 나가리라.

그걸 방지하려면?

한 가지밖에 없다.

오러를 집중하는 거다. 발바닥에, 혹은 손바닥에 오러를 집중해서 올가를 디딘 채, 혹은 잡은 채 건너야 한다.

그런데 이게 결코 쉬운 일이 아니다.

중심을 잡는 것만도 어려운 문제다. 그런데 오러를 한곳에만 꾸준히 집중한 채 허공을 건넌다는 것은 목숨을 건 모험이다.

"너 거기 있는 동안 여기서 뭐 하라고? 풀 뜯어?"

이카렌이 투덜거리면서 빈정거렸다.

그는 루브르를 턱짓으로 가리키며 말했다.

"보나마나 저 영감은 건너갈 테고, 그럼 내가 못 건너갈 이유가 뭐야? 나는 간다."

"킬킬킬, 그 자존심이 네놈을 천 길 낭떠러지로 내던질 수도 있어, 이놈아."

"영감탱이, 본인 걱정이나 해."

이카렌은 말을 맞받아치면서 벌써 오러를 다스리기 시작했다.

월랑은 사야를 보았다.

사야는 눈을 감으며 대꾸했다.

"물어볼 필요 없는 거 알지?"

"나도 마찬가지."

학우도 까칠한 턱수염을 쓰다듬으며 말했다.

마지막으로 남은 건 소화와 단원들.

월랑은 그녀들만이라도 남기고 싶었다.

"소화, 무리해서……."

"월랑, 우리를 무시하면 화낼지도 몰라요."

"그럼 단원들만이라도……."

"우리는 한 몸이에요. 단원들은 제가 알아서 책임지겠어요."

소화가 월랑의 말을 자르며 또박또박 대꾸했다.

결국 월랑은 가볍게 한숨을 내쉬고 중얼거렸다.

"정말이지, 다들 말은 진저리나게 안 듣는군."

"킬킬킬, 시키는 대로 고분고분하면 우리가 마수가 아니지."

루브르가 누런 이를 드러내 보이며 히죽 웃었다.

월랑은 절벽 가까이 다가갔다. 그는 품에서 괴황지를 몇 장 꺼내 들었다.

사삭! 삭삭!

그는 빠르게 글귀를 적어 내려갔다.

담력과 체력을 높여주는 부적이었다.

휘이이잉!

바람은 생각보다 강했다.

올가는 정신없이 휘날렸다. 마수들은 모두 올가 한 가닥만 이용했다.

세 가닥의 올가는 각각 너무나 멀리 떨어져 있다.

그럼에도 마수들이 세 팀으로 나누어서 가지 않은 이유는 바람에 대한 저항력을 가지기 위해서다.

올가는 절대 끊어지지 않을 게다. 그렇다면 최대한 많은 사람이 올가에 매달리거나 올라탐으로써 무게를 늘린다. 그렇게 해서 바람의 영향을 최대한 받지 않으려는 생각이었다.

한데 바람이 너무도 강하다.

단지 마수들의 무게만으로 감당할 수 있는 정도가 아니다.

"니미럴. 바람 성질 한번 더럽군."

가장 앞장서서 건너가는 루브르가 혀를 찼다.

그는 건너가는 와중에 뒤를 힐끗힐끗 보았다.

그나마 뒤를 돌아볼 여유가 있는 유일한 자가 루브르였다. 그는 자신의 올가를 걸어서 건너가기 때문에 다른 자들보다 위험 부담이 훨씬 적었다.

그의 뒤를 따르는 사람은 월랑.

월랑은 이미 영력을 다스리는 수준이 타의 추종을 불허한다. 그에게는 수천 미터의 상공이나 5센티미터의 허공이나 매한가지다. 그리고 뒤를 잇는 자가 이카렌, 학우, 사야, 소화 순이다.

"앗!"

오러가 가장 약한 탓에 제일 뒤에 서겠다고 나섰던 여인 한 명이 외마디 비명을 지르며 손을 놓고 말았다.

"저런!"

마침 뒤를 돌아본 루브르가 당장에라도 몸을 날릴 듯 소리쳤지만, 그라고 해서 할 수 있는 건 아무것도 없었다.

그런데 떨어진 단원의 바로 앞을 가고 있던 여인이 일말의 망설임도 없이 몸을 날렸다.

"내 손을 잡아!"

이어서 그 앞의 여인이, 또 그 앞의 여인이······.

단원들 중 가장 앞서가던 소화는 순간 몸을 거꾸로 솟구쳤다. 동시에 오러를 발끝에 모으고 발목을 올가에 걸었다. 그는 손을 뻗어 떨어지는 단원의 발목을 낚아챘다.

"후우!"

루브르는 안도의 숨을 내쉬었다.

아주 짧은 찰나였지만, 한순간 심장이 오그라드는 줄 알았다.

여인들은 소화로부터 줄줄이 이어져서 저 아래까지 늘어져 있었다.

"향아, 막내부터 올려!"

소화가 자신이 잡고 있는 여인에게 외쳤다.

여인은 다시 자신이 잡고 있는 다른 여인에게 외쳤다.

그렇게 해서 제일 먼저 추락한 여인이 가까스로 올가가 있는 곳까지 기어올라 왔다.

모든 여인들이 다시 제 위치를 찾기까지 오랜 시간이 걸리진 않았다.

소화는 물끄러미 뒤를 돌아보는 월랑을 향해 가볍게 웃어 보였다.

"우리가 왜 같이 가야 하는지 이제 알겠죠?"

마수들은 다시 올가를 건너갔다.

*   *   *

"그, 그들이 왔습니다."

하얀 사제복을 입은 젊은 사제가 들어와서 더듬거리며 말했다. 보고를 하는 자신조차도 믿기 힘들다는 표정이었다.

"결국은!"

이브나비치가 벌떡 일어나며 입술을 씹었다.

그래도 신의 심판을 받아 까마득한 구름 아래로 추락하길 바랐건만. 어째서 루멘 신은 이리도 관대하단 말인가.

그들은 몬스터를 소환한 악마의 사제들이 아니던가!

파초 신관이 놀랍다는 표정으로 말했다.

"그들의 의지력에 루멘 신도 감탄했나 보군요."

신관들은 웅성거렸다.

정말 마수들의 의지력에 신이 감탄이라도 한 것일까? 아니면 혹시라도 루멘 신의 신성력이 너무 약해져서 마수들이 이런 곳까지 함부로 올 수 있는 건 아닐까?

걱정과 불안이 뒤섞여 신전이 웅성거렸다.

헤프레스 신관이 불만스러운 듯 말했다.

"지금 그들이 당도했다고 해서 루멘 신의 성력을 의심하는 분들은 도대체 어떻게 된 겁니까? 그러고도 루멘 신의 사제라고 할 수 있는 겁니까?"

그의 날카로운 지적에 신관들의 웅성임도 일시에 멎었다.

무엇보다 신에 대한 불신을 가졌다는 자체가 대단히 위험한 것이었다.

대신관이 웃음을 흘리며 말했다.

"자자, 긴장들 하지 마시고 만나봅시다. 그들이 여기에 올 수 있었던 건 그만한 이유가 있겠지요. 우린 그들에 대해서 아직 아무것도 모르지 않습니까?"

"도대체 대신관님께서는 어찌 그리 태평하십니까?"

이브나비치가 약간은 불만스러운 듯 말했다.

"난 그저 마수들이 정말 세간에서 말하는 그런 악마인가 하는 게 궁금할 뿐이오. 우리 중 누구도 그들을 직접 대한 자가 없지 않소?"

"크흠. 그렇다면 대신관님께서는 그들이 진정 악마의 자식들이 아닐 수도 있다고 말씀하시는 겁니까?"

"물론 그럴 수도 있소. 아니, 솔직히 말하면 그들이 악마의 자식이 아닐 것이라는 것에 손을 들겠소."

"하지만 몬스터를!"

"그 또한 내가 직접 본 게 아니니 아직은 좋게 생각하고 싶소이다."

이브나비치는 이맛살에 주름을 가득 잡으며 자리에 앉았다.

"끄음… 대신관께서는 참 여유가 있으시군요."

"고맙소. 흘흘."

대신관은 수염을 쓰다듬으며 웃음을 흘렸다.

그는 보고를 올린 사제를 보며 말했다.

"그래, 그들 중 몇이나 당도했는가? 도중에 낙오된 자는 없는가?"

사제는 우물쭈물하며 대답했다.

"그, 그게… 마수 전원이 천문을 건너기 시작했습니다."

"저, 전원이?"

이번에도 신관들이 웅성거렸다.

분명 마수들 중 월랑을 비롯한 몇몇만 천문을 건너리라고 생각했다.

천문의 실체를 안다면 쉽게 건너려고 마음먹지 못할 것이다.

한데도 전원이 천문을 건너기 시작했다니.

도대체 마수란 놈들은 전부 바보가 아닌가! 사람이라면 누구나 살고자 하는 욕망이 있거늘, 어째서 불나방처럼 제 스스로 목숨을 던진단 말인가?

이브나비치가 초조한 듯 물었다.

"그래서 낙오자는?"

"그게… 저어… 도중에 한 명이 떨어졌습니다만……."

"다만?"

"다른 자들이 줄이어서 떨어져……."

이브나비치가 손바닥을 딱 쳤다.

"오호라! 그 악당들이 공포를 못 이기고 줄줄이 추락했구나!"

사제는 더욱 난감한 표정이 됐다.

"그게 아니라……."

"그게 아니라? 도대체 무슨 소린가?"

"줄이어서 떨어지더니… 추락하는 여인을 구했습니다."

"뭐, 뭐라고? 뭐가 어떻게?"

이브나비치는 말까지 심하게 더듬으며 비틀거렸다.

천문을 건너다가 추락하는 자를 구해내다니, 이게 과연 가능한 일인가?

도대체 마수란 놈들은 어떻게 돼먹은 놈들인가!

헤프레스 신관이 문득 고개를 들고 대신관을 향해 공손히 말했다.

"대신관님, 아무래도 그들을 만날 수밖에 없겠습니다. 이는 신께서도 그들의 접근을 허락하신 게 아니겠습니까? 우리의 신은 의지의 신입니다. 의지력이 강한 자들을 아끼는 분입니다. 그리고 언제나 악의 의지는 저렇듯 단결된 모습을 가질 수 없을 것입니다. 만나볼 필요가 있다고 생각됩니다."

"내 생각도 같소이다."

대신관이 고개를 끄덕이며 말했다.

이쯤 되자 이브나비치는 더 이상 반대할 기력도 없어졌다. 그럼에도 불구하고 그는 마수라는 작자들이 이 신성한 신전에 들어선다는 것이 못내 마뜩찮았다.

"그들이 해만 끼치지 않았으면 좋겠군요."

"너무 심려 마시오, 이브나비치 신관."

파초 신관이 부드럽게 웃으며 대꾸했다.

마침 또 다른 사제가 회의장으로 달려들어 오며 소리쳤다.

"마, 마수들이… 본 신전 계단에 당도했습니다. 대신관님을 뵙기를 청하고 있습니다."

대신관은 다른 신관들을 한 번씩 훑어보았다.

뚱한 표정으로 앉아 있는 이브나비치를 제외한 모든 신관이 미세하게 고개를 끄덕였다.

대신관이 사제를 향해 말했다.

"그들을 안내하게."

회의장으로 들어선 마수들은 제일 먼저 그 웅장한 크기에 압도됐다.

물론 대신전을 앞두고 어마어마한 크기에 이미 감탄을 했었으나, 건물 밖에서 보는 것과 그 안에서 느끼는 것은 큰 차이가 있는 법이다.

신을 받들어 모시는 신전이기에 일부러 장엄한 분위기를 냄으로써 절로 숙연한 심정을 가지게끔 하려는 의도도 있으리라.

그렇다면 퀴른 신전은 성공한 셈이다.

마수들은 회의장에 들어서면서 어느 정도 기가 죽은 듯 주위를 두리번거리기만 했다.

반면 회의장에 있던 신관들은 그런 마수들의 모습에 흡족한 듯 여유있는 표정을 지었다. 그러면서도 한편으로는 멸시의 감정을 숨기지 않았다.

'적개심이 가득하군. 무리도 아니지.'

월랑은 신관들을 둘러보며 마음을 가다듬었다.

분명 신성력을 사용해 지어진 거대한 신전인 만큼 절로 숙연한 기분이 드는 것은 사실이다. 하지만 그건 어디까지나 인간으로서 신 앞으로 나아갈 때 드는 감정이다.

신관들이 두려울 이유는 아무것도 없다.

월랑은 짐짓 단호한 표정으로 고개를 들었다. 그리고 대신관을 바라보았다. 한데 그 순간 월랑은 뜻밖의 광경에 입을 딱 벌리고 말았다.

"여, 영감님은?"

"흘흘, 용케 여기까지 왔군."

대신관은 하얀 수염을 쓸어내리며 지그시 미소 지었다.

월랑의 뒤를 따라 걷던 마수들도 깜짝 놀란 표정으로 대신관을 바라보았다.

"다, 당신은!"

"왜 여기 있는 거지?!"

이카렌은 아직까지 상황 파악이 안 된 듯 대신관을 가리키며 소리쳤다.

인문을 통과하면서 만났던 그 노신관.

그가 대신관 자리에 버젓이 앉아서 마수들을 내려다보고 있었다.

"정식으로 소개하겠네. 나는 루멘교의 대신관 마젤린이라고 하네."

"역시 당신이 대신관이었군요."

"역시라는 말은 어느 정도 짐작하고 있었다는 말인가?"

마젤린 신관은 부드럽게 웃으며 물었다.

월랑은 가볍게 고개를 저었다.

"전혀. 하지만 문지기를 하는 분이라고 여기기에는 지나치게 신성력이 강하다고 생각했습니다."

"흘흘흘, 문지기라고 업신여기면 섭섭하지. 그나저나 이제 본론으로 들어가도 될지……?"

마젤린은 여전히 눈동자가 보이지 않을 만큼 싱그러운 미소를 지으며 물었다.

그 미소가 무척이나 온화한 듯하면서도 어떤 면에서는 짓궂게 보여서 속마음을 헤아리기가 힘들었다.

월랑은 신관들을 둘러본 후 곧바로 대답했다.

"물론 시간을 끌고 싶은 생각은 저희 쪽에도 없습니다."

"그럼 이야기가 빠르겠군. 우리를 찾아온 이유가 무엇인가?"

마젤린은 웃음을 거두었다.

그가 정색을 하고 훑어보자, 마수들은 오싹한 기분마저 느꼈다.

마치 머릿속에 들어 있는 온갖 추악한 생각이 그에게는 모두 보일 것만 같은 기분이 들었다.

월랑은 단도직입적으로 말했다.

"세상으로 나가주십시오."

"호오?"

대신관은 뜻밖이라는 듯 표정을 굳혔다.

다른 신관들 역시 월랑의 말에 고개를 갸웃거리며 서로를 번갈아 보았다.

대뜸 찾아와서 세상으로 나가라니, 이건 또 무슨 뚱딴지같은 소린가.

세상을 발칵 뒤집어놓고 이라교의 힘에 밀려서 도망이라도 온 줄 알았다. 그래서 루멘교의 등 뒤에 숨길 바라는 줄 알았다.

모든 신관이 같은 생각을 한 건 아니지만, 그들의 방문을 달갑지 않게 여겼던 신관들은 대체로 그렇게 짐작했다.

물론 그런 요구를 해왔다면 거부할 것이다. 그럼 다시 마수들은 치졸한 수법을 이용해서 협박이라도 해오리라.

분명 그렇게 생각했다.

한데, 전혀 생각지도 못한 이야기가 불쑥 튀어나온 게다.

대신관은 수염을 쓰다듬으며 입을 열었다.

"자세히 이야기해 보겠나?"

"말 그대로입니다. 세상으로 나가서 사람들을 구하시길 바랍니다."

이제 신관들은 침묵을 지키지 않았다. 그들은 서로를 보며 웅성거리기 시작했다.

"이놈들! 감히 루멘 신을 놀릴 생각이냐!"

이브나비치가 참지 못하고 벌떡 일어났다. 그는 이마까지 시뻘겋게 달아올라서 소리쳤다.

"네놈들이 몬스터를 소환해 놓고 여기 와서 뒤치다꺼리를 요구하는 저의가 무엇이냐!"

"뒤치다꺼리?"

월랑은 이브나비치를 쏘아보며 되물었다.

순간 그의 눈빛은 뱀처럼 차가웠다. 그리고 어떤 실망감과 멸시에 가까운 감정이 깃들어 있었으므로 이브나비치는 자신도 모르게 움찔 떨었다.

월랑은 얼음장처럼 차갑게 말을 이어갔다.

"분명히 말하겠소. 몬스터는 우리가 소환한 것이 아니오. 그리고 설혹 우리가 소환했다고 하더라도 신의 사자들인 당신들이 뒤치다꺼리를 좀 하면 어떻소? 그건 불결하고 위험한 일이니까 내팽개치겠다는 거요? 그렇다면 도대체 루멘교는 인류를 위해서 무엇을 한다는 거요?"

"이, 이런… 건방진! 너 같은 악마에게 그런 소리를 들어야 할 이유가 없다!"

월랑은 아무런 대꾸도 하지 않았다.

대신 서늘한 눈초리로 이브나비치를 빤히 바라볼 뿐이었다.

그의 눈동자에는 상당히 서글픈 빛이 서려 있었다. 또한 어쩐지 상대를 동정하는 듯한, 혹은 한심하게 여기는 듯한 눈빛마저 비쳤다.

때문에 그 시선은 이브나비치에게 몹시 불편한 느낌으로 다가왔다.

"흥! 사람이라도 잡아먹겠다는 눈빛이군!"

"자자, 그렇게 흥분하지 말고 이야기를 차근차근 진행해 봅시다."

헤프레스 신관이 중재에 나섰다.

그는 월랑을 돌아보고 진중한 표정으로 물었다.

"세상에 나아가라. 인류를 구하라. 몬스터는 우리가 소환한 것이 아니다. 맞소?"

"맞소."

"그렇다면 그런 부탁을 하러 일부러 여기까지 온 이유는? 왜 세상 사람들에게 핍박받는 마수들이 오히려 세상을 구하지 못해서 안달이 난 거요? 인류가 멸망하든 말든 그대들은 그대들이 저지르고 다니는 악행만 계속하면 그만 아니오? 갑자기 영웅 행세가 하고 싶었던 거요? 그렇다면 직접 나서는 것이 나을 텐데?'

헤프레스가 꽤 논리적으로 반박해 왔다.

월랑은 그의 질문을 들으며 가만히 생각에 잠겼다.

이브나비치는 저돌적이지만 감정적이다. 때문에 오히려 다루기가 쉽다.

하지만 헤프레스는 마수들에게 관대한 듯하면서도 냉철하게 분석하고 있다.

이런 자는 오히려 조심해야 할 필요가 있다.

말 한마디도 가려서 해야 한다.

한편, 월랑은 그의 말을 들으면서 자신도 한 가지 의문이 떠올랐다.

'어째서 난 여기까지 인류 구제를 부탁하러 왔단 말인가?'

생각해 보니 헤프레스의 말이 틀린 것은 아니다.

그의 말대로 인류가 망하든 말든 마수들이 직접 나서서 설치고 다닐 필요는 없지 않나.

게다가 세상 사람들은 지금의 사태를 오로지 마수들의 탓으로 여기고 있다.

그런 마당에 세상을 구하겠다고 나서는 건 도대체 무슨 심리란 말인가.

이 질문은 그동안 끊임없이 스스로에게 던졌던 것이기도 했다.

그래서 월랑은 정확한 답이 아니더라도 지금껏 생각해 온 그 대답을 그대로 헤프레스에게 전했다.

"당신 말대로 우리가 굳이 관여할 필요는 없다고 여깁니다. 하지만 뭔가… 어쩐지 이 일이 나와 깊은 연관이 있을 거라고 여겨지는 것은 사실이오. 그게 이유라면 이유입니다. 아직은 그 연결 고리를 찾을 수 없지만, 분명히 이런 사태가 벌어진 건 나와 연관이 있을 거라는 짐작이 드는군요. 때문에 방관할 수가 없는 거요."

"애매한 대답이군요."

헤프레스는 무덤덤한 표정으로 대꾸했다.

그는 잠시 생각하더니 계속해서 차가운 표정으로 월랑에게 말했다.

"하지만 우리는 그런 이유로 나서진 않을 겁니다."

"어째서? 루멘교는 인류를 위하지 않소?"

"물론 인류의 평화와 번영을 위하고 있소. 하지만 지금은 우리보다 훨씬 강한 신성력을 가진 이라교가 있소. 그들이 어떻게든 이 사태를 해결할 거요."

"이라교의 눈치를 보며 회피하겠다는 거요?"

월랑이 날카롭게 질문하자 이번에는 라젠드리 신관이 일어나서 말했다.

"그건 회피가 아닙니다. 다만……."

"다만?"

"불필요한 마찰과 긴장을 가질 필요가 없기 때문이지요."

"무엇에 대한 마찰과 긴장이란 말입니까?"

"현재 이라교가 버젓이 국교로서 존재하고 있는 마당에 인류를 구한답시고 본 교가 나서게 되면 이라교와 본 교 사이에 어색한 기류가 흐를 것은 당연지사입니다. 그들에 대한 예의도 아니지요. 국교가 정해진 마당에 제2의 종교가 불필요하게 나서는 일은 오히려 정세 안정에 역효과를 가져다줄 수도 있지요."

'탁상공론!'

월랑은 미간을 팍 찌푸리고 어금니를 씹었다.

이들이 어째서 말도 안 되는 이라교에게 밀려 제2의 종교가 되었는지 알 만했다.

이들은 움직이질 않는다.

아니, 움직이는 것 자체를 싫어한다.

배가 부른 거다.

신의 보살핌 아래 자신들은 안전하다 하여 만족하고 있는 거다.

나태해진 것이다.

책상 앞에 앉아서 이러쿵저러쿵 이야기를 떠들어대고 위기감을 조장할 뿐, 그저 가만히 앉아 있는 게 편한 거다.

'한심한…….'

월랑은 속이 뜨겁게 끓어오르는 것을 느꼈다.

이대로는 안 된다.

결국 결정타를 날려야 한다. 충격 요법이 필요하다.

하지만 앞으로 꺼낼 이야기는 자연스럽게 나와야 한다. 먼저 이쪽에서 조바심을 내서 섣불리 말을 꺼내게 되면 오히려 중상모략으로 오해받을 수도 있다.

마침 대신관 마젤린은 월랑이 바라는 질문을 적절한 시기에 던져 주었다.

그는 여전히 안면 가득 미소를 지으며 말했다.

"어찌 됐든 세상을 구하고 싶다는 생각만은 기특하네. 그럼 한 가지 물어보겠네."

"무엇이든."

"자네들이 몬스터를 소환한 게 아니란 것, 그건 확실한 건가?"

"한 치의 거짓도 없습니다. 우리는 몬스터를 소환하지도, 소환할 줄도 모릅니다."

"그럼 또 질문하지. 이거, 한 가지가 아니라 여러 질문이 되겠군. 이해하게. 나이가 들면 말이 많아지거든. 흘흘, 그럼 몬스터를 소환한 게 자네들이 아니라면 누구의 짓인지 알고 있나?"

'이거다!'

월랑은 주먹을 불끈 쥐었다.

앞으로 나올 이야기는 아마도 루멘교의 신관들에게 제법

충격적으로 들릴 것이다.

"알고 있소."

월랑은 또박또박 힘주어서 말했다.

순간 회의장은 다시 술렁였다.

역시 사람들은 그의 생각대로 심하게 동요하고 있었다.

대신관은 여전히 눈이 안 보일 정도로 미소 지으며 말했다.

"누군가?"

"이라교."

월랑은 그 어느 때보다도 크고 또렷한 목소리로 대꾸했다.

웅성임은 일시에 멈췄다.

숨도 멈추게 만들 것 같은 정적이 순식간에 감돌았다.

잠시 후, 이브나비치가 벌떡 일어나서 삿대질을 했다.

"건방지다! 감히 여기가 어디라고 신을 능멸하려고 드는
가! 비록 우리가 따르는 신이 다르다고는 하나, 지금 그대의
발언은 신을 따르는 우리 앞에서 할 수 있는 소리가 아니다!
아니, 어느 누구 앞에서도 해서는 안 될 소리!"

예상했던 반응이다.

이브나비치뿐만 아니라 지금껏 잠자코 듣고만 있던 다른
신관들도 저마다 한소리씩 내뱉었다.

"저자가 정말 하늘 높은 줄 모르는군."

"마수가 본색을 드러내는 게지!"

"저들을 썩 물려야 할 것이오!"

신관들이 웅성거리는 가운데 마젤린은 차분한 태도로 입을 열었다. 그 목소리는 아주 조용했지만 어떤 파괴력 같은 것이 깃들어 있었다.

　　"모두 조용하시오."

　　저마다 떠들어대던 신관들은 일시에 입을 다물 수밖에 없었다.

　　사람들은 대신관을 돌아보았다.

　　마젤린은 온화한 표정으로, 그렇지만 조금의 거짓도 허용하지 않겠다는 듯한 태도로 물었다.

　　"이라교가 몬스터를 소환했다고 했나?"

　　"그렇소."

　　"그들이 왜?"

　　"그건 나도 모르오."

　　"대신관님, 이런 작자들의 헛소리는 더 이상 들을 필요가 없습니다! 당장 이자들을……!"

　　한 신관이 흥분해서 소리쳤지만, 마젤린은 손을 들어 그를 제지했다.

　　대신 여전히 같은 표정으로 계속해서 질문을 던졌다.

　　"그들이라고 어떻게 몬스터를 소환한단 말인가?"

　　월랑은 입을 다물고 대신관을 빤히 바라보았다.

　　그는 이쯤에서 두 번째 충격을 줄 때가 됐다고 생각했다.

　　"대신관께서는 이라교의 힘이 정말 신성력이라고 생각하

십니까?"

이번만큼은 늘 미소 짓는 마젤린조차도 눈썹을 꿈틀거렸다.

하지만 그 표정의 변화는 아주 잠깐이었기에 신전 내에 누구도 눈치챈 자가 없었다.

그는 월랑을 물끄러미 보며 되물었다.

"라는 건?"

"그들은 신성력을 사용하지 않습니다."

"그럼 그들의 힘은 어디에서 비롯된단 말인가?"

"마약입니다!"

이번에는 신관들 중 누구도 벌떡 일어나서 고함치지 못했다. 그저 눈을 찢어져라 부릅뜨고 입을 쩍 벌린 게 고작이었다.

그들이 충격에서 채 헤어 나오기도 전에 월랑은 못을 박듯 또박또박 소리쳤다.

"이라교는 마약을 신성력처럼 속여서 사용하고 있습니다. 그들은 마약을 이용해서 몬스터를 소환, 아니, 사람들을 몬스터로 변이시키고 있습니다. 또한 이라교의 성 기사단 역시 마약을 복용해 초인적인 힘을 사용하고 있습니다. 아직까지 마약에 대한 대책이 전혀 없는 실정입니다. 마약에 대한 정보 역시 거의 없습니다. 얼마나 복용해야 인체에 무리가 없는지, 어떤 마약이 인간을 몬스터로 변이시키는지 전혀 정보가 없습니다. 다만 제국 전역에 마약을 복용한 자가 늘어가고, 그에 따라 몬스터가 늘고 있다는 건 확실합니다. 이래도 루멘교

는 이런 산봉우리에 틀어 앉아서 신선놀음이나 할 생각인지
요."

　대신관은 입을 굳게 다물었다.

　그의 입가에서 미소가 사라진 것은 오래전이다.

　신관들 역시 누구 하나 입 밖으로 소리를 내지 못했다.

　회의장을 짓누를 듯한 길고 긴 침묵이 이어졌다.

Chapter 7

월랑은 터덜터덜 걸어와서 긴 소파에 쓰러지듯 앉았다.

"조금 지치는군."

그는 이마에 손을 대고 중얼거리듯 말했다.

지금까지 목숨을 건 싸움을 셀 수도 없을 만큼 해왔지만 지금은 그 어느 때보다도 지쳤다.

월랑을 측은하게 보고 있던 소화가 조심스럽게 물었다.

"그들이 과연 움직여 줄까요?"

월랑은 씁쓸하게 웃으며 대꾸했다.

"이제는 그야말로 신에게 맡겨야지."

"신… 인가요?"

소화도 대꾸하면서 씁쓸한 미소를 지었다.

그래도 월랑은 할 만큼 한 셈이다.

그는 지금까지 마수들이 어떤 여정을 거쳐 왔는지 루멘교의 신관들 앞에서 모두 이야기했다.

그리고 이라교의 배후에는 기드온이라는 조직이 있으며, 그 조직의 수장이 시리우스라는 것과 얼마 전에는 측근인 바츠가 죽었다는 사실까지 전했다.

월랑의 이야기를 듣는 신관들의 표정은 때때로 경악하기도 하고 때로는 측은한 표정을 짓기도 했다.

그들의 표정이 다채롭게 변했다는 사실은 마수들에게 있어서 좋은 변화였다. 그만큼 월랑의 이야기가 먹혀들어 갔다는 뜻도 됐다.

물론 이브나비치를 비롯해 몇 신관은 끝내 사나운 표정으로 일관하기도 했다.

대신관은 마수들을 물렸다.

그리고 대신전에서 제법 좋은 방을 내주었다.

이제는 결과를 기다려야 할 때다.

그들은 마수들을 물린 후 회의를 하고 결론을 내릴 것이다.

'반드시 그들이 나서야만 해.'

소화는 입술을 지그시 깨물었다.

루멘교의 개입은 상당한 효과를 가져다줄 것이다.

그들의 개입은 이라교도 생각지 못했을 터.

만약 제국 각지에서 루멘교가 일어난다면 전세는 역전될 수도 있다.

하지만 나서지 않기로 결정한다면?

그때는 정말 마수들에게 깜깜한 앞날이 놓인다. 지금 용병단이 늘고 있는 추세라고는 하지만 아직은 한참 부족하다.

"이거 기도라도 드려야겠구먼."

루브르가 툴툴거리며 말을 뱉어내고는 술을 들이켰다.

*   *   *

회의장은 묘한 침묵에 휘감겨 있었다.

오늘 회의장에 모인 신관들은 모두 제정신이 아닌 듯했다.

그들은 갑자기 귀가 먹먹해질 정도로 웅성거리는가 하면, 어느 순간 까닭 모를 침묵이 회의장 전체를 짓누르기도 했다.

지금은 침묵의 시간이다.

누구로부터 시작됐는지, 누구에 의해 깨질지 모를 침묵이 벌써 10분 가까이 계속되고 있었다.

신관들 중 누구도 이 침묵을 어색하게 생각하지 않았다.

그들은 저마다 깊은 생각에 빠져 있었다. 그들은 아직도 마수들로부터 들은 충격적인 이야기를 이해하기 힘들다는 표정이었다.

"자……."

대신관이 그토록 무겁게 가라앉았던 침묵을 깼다.

그가 고개를 들고 신관들을 둘러보며 말했다.

"어찌 됐든 이야기를 진행해야 하지 않겠소?"

그가 말을 꺼내고 나서도 신관들은 한참 동안이나 말이 없었다.

5분이 흘렀다.

"우선 그들의 말이 사실인지의 여부를 확인할 필요가 있겠습니다."

헤프레스 신관이 조심스럽게 발언을 시작했다.

그의 발언은 일종의 도화선으로 작용했다.

"확인할 필요가 있겠소이까? 온 세상 사람이 다 알고 있는 마수들입니다. 무시하는 겁니다, 무시."

"그렇게 감정적으로 해결할 문제는 아니오, 이브나비치."

파초 신관은 점잖은 목소리로 이브나비치를 나무랐다.

이브나비치는 영 못마땅한 표정으로 고개를 돌려 버렸다.

대신관은 무겁게 침음을 흘렸다.

이대로 계속 이야기가 진행되어 봐야 진전이 없다는 것은 불을 보듯 빤하다.

결국 대신관은 고개를 들고 신관들 중 가장 끝자리에 앉은 자를 바라보았다.

"제롬 신관."

"네, 대신관님."

신관들 중 가장 끄트머리에 앉은 자가 정중한 목소리로 대꾸했다.

그는 아직 젊고 부드럽게 생긴 남자였다.

"그들의 말이 사실인지 확인할 수 있겠소?"

제롬 신관은 송구한 표정을 지었다.

그의 주된 업무는 루멘교가 이렇듯 속세를 떠나 있는 동안, 세상이 어찌 돌아가는지 파악하는 것이었다.

하지만 그조차도 오늘 마수들의 이야기가 충격적으로 들렸으니 다른 신관들과 다를 바가 없었다.

"죄송합니다, 대신관님. 지금 바로 그들의 말의 진실성을 확인하기는 어렵습니다. 저희들의 정보에도 없는 이야기였고, 사실 저희들이 가진 정보 역시 현재 각지에서 출현하는 몬스터들은 마수들이 소환한 걸로 되어 있기에……."

"그것 보십시오! 마수들이 한 짓이 분명한 것 아니겠소?"

이브나비치가 벌떡 일어나 모두가 들으라는 듯 소리쳤다.

하지만 제롬은 정직하게 그 주장을 반박했다.

"하지만 저희들의 정보 역시 신뢰할 만한 것은 아닙니다. 어디까지나 저희들은 한 걸음 물러서서 조사해 왔으니 소문을 그대로 기록한 것에 지나지 않습니다."

당연한 이야기다.

수양하기 위해 속세를 떠난 루멘교가 세상 돌아가는 이야기에 지나치게 귀를 기울일 필요는 없는 것이다. 지금의 루멘교라면 그 어떤 단체보다도 정보에 소홀할 수밖에 없는 실정이리라.

'끝이 없겠구나.'

마젤린은 하얀 수염을 쓸어내리며 생각에 잠겼다.

마수들이 말한 정보에서 진실성이 밝혀지지 않는 한 루멘교는 움직이려고 하지 않을 것이다.

그렇다면 방법은 하나.

언제까지나 탁상공론을 하고 있을 이유는 없지 않은가.

"제롬 신관."

"예, 대신관님."

"당장에라도 마수들의 이야기가 사실인지 조사해 보시기 바라오."

"곧 조사하도록 하겠습니다. 하지만 이러한 일들이 대개 그렇듯이 곧바로 진실성이 밝혀지지 않을 가능성이 큽니다."

"그렇다면 적어도 그것들이 신빙성이 있는 정보인지만이라도 조사하길 바랍니다."

"최대한 서두르겠습니다."

"보름이오. 보름 안으로 조사해 주길 바라오. 그리고 헤프레스 신관."

"말씀하십시오, 대신관님."

"그대도 같이 제롬 신관을 도와서 조사를 해주길 바라오."

"그렇게 하도록 하지요."

헤프레스 신관은 두말없이 대신관의 제의를 받아들였다.

어떤 조직이나 수장이 있어야 하는 것은 사실이다.

그러나 루멘교의 경우 수장이라고 할 수 있는 대신관이 명령을 내릴 권한은 없다. 다만 부탁을 하는 것이다.

물론 신관들은 그 제의나 부탁을 무시할 수도 있다.

하지만 지금 대신관의 결론에는 누구도 반박하지 않았다.

이어서 대신관은 뜻밖에도 이브나비치를 보며 말했다.

"그대도 조사에 참여하시겠습니까?"

"저… 말입니까?"

"그렇소, 이브나비치 신관."

"마다할 이유는 없지요. 그럼 조사에 참여하도록 하지요."

"그럼 모두 결정됐군. 이제 보름 뒤에 다시 회의를 하도록 하겠습니다. 모두들 돌아가 수양을 해주시고, 특히 루멘 신께 이 안건에 대해서 기도를 드리십시오."

회의는 끝났다.

마젤린이 이브나비치 신관을 참여시킨 것은 공평을 기하기 위한 것이기도 했지만, 특히 그를 적극적으로 움직이게 하고자 함이었다.

신관들은 분주하게 자리에서 일어나기 시작했다.

마젤린 역시 자리에서 일어나 걸음을 옮겼다.

그는 마수들이 머문 방을 찾아갈 작정이었다.

노크가 울린 것은 월랑이 영공 수련을 막 마무리하던 참이었다.

문을 열어준 사야는 주춤 물러서고는 어정쩡한 태도로 인사했다.

"어서 오세요."

문 앞에는 마젤린이 여느 때와 같이 인자한 표정으로 우두커니 서 있었다. 그는 가볍게 고개를 끄덕이고는 문지방을 넘어 들어섰다.

그가 방을 둘러보고는 말했다.

"머무는 곳은 마음에 드시는지?"

"킬킬, 내 생애 최고의 방이오."

루브르가 술을 들이키며 말했다.

마수들이 머물고 있는 방은 상당히 넓은 편이었다. 커다란 거실을 가운데 두고 네 개의 방이 있었다. 지금까지 마수들이 머물렀던 그 어떤 곳보다도 호화로운 거처였다.

루브르는 입가를 소매로 스윽 훔치고는 술병을 가리켜 한마디 덧붙였다.

"아쉬운 게 있다면 요놈이 너무 약하다는 것."

"흘흘흘, 필요하면 더 갖다 드리리다. 하지만 그보다 도수가 높은 술은 없다오."

"킬킬킬. 뭐, 이만 해도 좋은 조건이오."

루브르는 마냥 좋은 듯 웃어젖혔다.

월랑은 진중한 표정으로 마젤린에게 다가왔다.

마젤린이 찾아왔다는 것은 회의 결과가 나왔다는 뜻일 터.

"어떻게 됐습니까?"

월랑이 물었다.

마젤린은 월랑을 돌아보며 타이르듯 말했다.

"시간이 좀 걸릴 것 같네."

"시간이라니요? 지금 이 순간에도 사람들이 죽어가고 있다는 걸 모르십니까?"

"흘흘흘, 언제부터 그렇게 인류를 위해 애를 썼나?"

"언제부터라니……!"

마젤린은 월랑이 화를 내기도 전에 말을 가로질렀다.

"루멘교는 많이 쇠약해졌네."

"무슨 말씀인지요?"

"말 그대로 약해졌단 말일세. 루멘 신은 의지의 신일세. 무엇보다도 의지력이 강한 자를 사랑하시지. 그런 면에서 볼 때 어쩌면 루멘 신은 자네들을 아낄지도 모르겠군."

"저를 놀리시는 겁니까?"

"아닐세. 자네도 보았겠지? 회의장에 앉아서 떠들고 있는 신관들을."

월랑은 아무 말도 하지 않고 마젤린의 말을 기다렸다.

마젤린은 가볍게 한숨을 내쉬며 말했다.

"지금 루멘교의 신관들은 다들 의지력이 없어. 테이블에 앉아서 소리만 지를 줄 알지. 그들은 도대체 움직일 생각이 없네. 처음에는 이라교의 신성력이 정말 대단했지. 확실히 루멘교를 앞질렀네. 그래서 우리는 국교에서 물러났네. 그런데 지금은 정말로 힘이 약해져 버렸어. 세월이 흐를수록 신관들은 의지를 가지기보다는 나태해지고 만 걸세."

"애초에 이라교는 신성력을 사용하지 않았습니다."

"하나 지금은 그 신성력이 가짜라고 하더라도 본 교의 힘이 예전만 못하다네."

"그래서 그 나태한 신관들은 어떤 결론을 내린 겁니까?"

월랑은 차가운 태도로 물었다.

마수들의 표정이 모두 딱딱하게 굳어서 대신관 마젤린을 바라보았다.

마젤린은 부드럽게 웃으며 대꾸했다.

"일단 보류일세. 먼저 자네들이 말한 정보의 진실성이 확정되면 움직이겠다는 거지. 아니, 정확히 말하자면 그때가 되어서 다시 한 번 생각해 보겠다는 게지."

"하!"

월랑은 기가 막혀 헛웃음을 뱉어냈다.

어쩌면 이리도 한심하단 말인가.

물론 이런 결과를 불러온 것에는 마수들의 정체성도 한몫했을 게다. 그들이 악마의 뿔에 갇혔던 죄수인데다가, 그곳을 탈출하고 흉흉한 소문을 달고 다니는 마수들이 아니었다면 조금 다른 결론이 나올 수도 있었으리라.

하지만 그게 이유의 전부는 아닐 터.

어쩌면 마수들의 정체성은 그들에게 좋은 핑곗거리를 제공해 준 것뿐일지도 모른다.

"그럼 진실이 밝혀지고 나서도 그 잘난 토론을 해야 한다는 거군요."

"루멘교가 현재 의지력을 상실한 것은 사실이지만 너무 무시하지는 말게나. 만약 자네들이 한 말이 전부 완전한 사실이라는 게 밝혀진다면 당연히 움직일 게야."

"그럼… 보름이군요."

월랑은 생각에 잠긴 듯 중얼거렸다.

마젤린은 고개를 천천히 끄덕이며 대꾸했다.

"보름. 자네들이 한 말이 모두 정확하다면 보름이지."

"그럼 보름입니다."

월랑의 눈동자는 한 치의 흔들림도 없었다.

마젤린은 그 눈을 가만히 들여다보다가 말을 이었다.

"그를 만났다고 했는가?"

"누구……?"

"시리우스."

그제야 월랑은 자신이 해야 할 또 하나의 일을 상기했다.

그가 애초에 이곳을 찾아온 이유 중 또 하나는 과거의 이야기를 듣기 위함이었다.

월랑은 지금까지보다 더욱 굳어버린 표정으로 마젤린을
보았다.

"그를 아십니까?"

"알지. 자네 아버지가 거둔 자가 아닌가?"

"그럼 역시 아버지가 왜 돌아가신 것인지도 아십니까?"

"알지."

너무나 간단한 대답.

마젤린의 대답은 그동안 꽁꽁 막혀 있던 월랑의 가슴을 시
원하게 뚫어주었다.

하지만 그와 동시에 월랑은 새로운 진실이 그에게 어떤 영
향을 미칠지 두려워지기 시작했다.

"들어야 할 이야기가 너무나 많군요."

"나 역시 자네에게 해야 할 이야기가 많네. 조용한 곳으로
가지 않겠나?"

"바라던 바입니다."

쌀쌀한 바람이 불었다.

월랑과 마젤린은 신전의 동쪽 발코니로 나왔다.

마수들을 피해 비밀 이야기를 하려는 것이 아니었다.

물론 월랑은 자신이 들을 진실을 모두 마수들에게 이야기
할 생각이다.

그것이 그들에 대한 예의다.

이미 이번 일은 개인의 복수가 아니다.

마수들은 월랑의 결정을 스스로의 의지처럼 따르고 있다. 그들과 월랑은 이미 한마음 한 몸이 된 게다.

어떤 이야기든 월랑이 아는 사실은 그들도 알아야 한다.

다만, 두 사람 모두 차가운 바람을 쐬고 싶었으므로 이곳으로 왔다. 또한 조용히 이야기에 집중할 만한 장소가 필요했을 뿐이다.

"말씀해 주십시오. 어째서 아버지는 돌아가신 겁니까?"

"흘흘흘."

대신관은 밤하늘에 뜬 달을 보며 웃음을 흘렸다. 그가 웃을 때마다 하얀 입김이 흘흘 뿜어져 나왔다.

월랑은 이맛살을 찌푸렸다.

"어째서 웃기만 하시는 겁니까?"

"질문이 우습잖은가?"

"어째서?"

"자네 아버지가 어째서 죽었는지는 자네가 가장 잘 알고 있지 않은가?"

"더 이상 절 놀리신다면 참을 수 없습니다."

"흘흘흘. 나는 자네를 놀리지 않았네."

대신관은 문득 고개를 돌려 월랑을 보았다. 그는 월랑의 눈동자를 빤히 올려다보며 말했다.

"자네."

"말씀하십시오."

"정말 자네 아버지가 왜 돌아가셨는지 모르는가? 누구보다도 자네가 잘 알 텐데."

"물론 아버지가 누명을 쓰고 돌아가셨다는 건 알고 있습니다. 제가 궁금한 건 어째서 아버지가 그 누명을 쓰셔야 했는지, 도대체 어떤 작자의 어떤 음모가 존재했던 것인지……!"

"무엇에 대한 누명을 썼단 말인가?"

마젤린이 말을 가로챘다.

월랑은 발갛게 상기된 표정으로 소리쳤다.

"반역이오! 반역이라는 누명을 쓰고 아버지는 돌아가셨소! 그것도 가장 믿었던 자들의 칼날에 쓰러지셨소!"

월랑의 목소리가 차가운 밤하늘에 카랑카랑 울렸다.

그는 식식 숨을 내뱉었다.

어째서인지 아버지의 이야기만 나오면 감정이 절제되지 않는다.

피를 흘리며 쓰러져 가던 어머니, 복도에 굴러다니던 아버지의 머리.

아직도 눈만 감으면 그때의 상황이 생생하게 스쳐 간다.

마젤린은 주름진 손을 뻗어 월랑의 가슴팍을 만졌다. 그러자 놀랍게도 격동하던 월랑의 마음이 희미하게 꺼져 가는 불씨처럼 수그러들었다.

그가 월랑의 가슴에 손을 댄 채 부드럽게 일렀다.

"배신이라는 말이 왜 나온 것인지 아는가?"

"말장난을 하고 싶진 않습니다."

마젤린은 고개를 저었다.

"말장난이 아니네. 모든 아름다운 것들은 추악한 것들이 있어야만 존재하는 법이지. 배신이라는 단어 역시 믿음이라는 것이 존재하기 때문에 만들어진 걸세."

"그래서 무슨 말을 하고 싶으신 겁니까?"

"자네 아버지는 믿었기에 배신을 당한 게지. 믿음이 없었다면 배신 따위는 있을 수도 없는 게야. 이렇듯 믿음이란 얼마나 허무한가. 진실과 믿음은 절대로 별개야. 자네도 인문을 통과할 때 말했듯이 믿음이란 진실과 어떤 연관성도 없다네. 그야말로 허구에 불과해."

"그럼 그들을 믿었던 아버지가 잘못이라는 겁니까?"

"아니, 그런 이야기가 아니야. 자네도 얘기했듯이 세상은 혼자 살아가는 곳이 아닐세. 믿음이 진실과 무관한 아주 헛되고 헛된 것일지라도 때론 그것이 진실보다 더 강한 힘을 발휘하기도 하네. 다만, 아름다운 모든 것들은 언제나 추악한 것을 기반으로 한다는 것이 이 세상의 모순이지."

월랑은 눈살을 찌푸렸다.

도대체 이 영감은 자신을 두고 무슨 이야기를 하고 싶은 걸까? 어떤 이야기를 하려고 이렇게 장황한 서두를 꺼내는가.

이상하게 마젤린의 이야기가 길어지면 길어질수록 월랑은

불길한 예감에 휩싸였다. 그 예감이 정확히 어떤 것인지 알 수 없었지만 괜히 몸이 떨려오곤 했다.

"나는 자네 아버지를 얘기하고 있는 것이 아닐세."

"그러면?"

"자네를 얘기하고 있는 걸세."

월랑은 이마에 주름을 새겼다.

마젤린은 월랑을 물끄러미 바라보며 물었다.

"자네, 아버지를 얼마나 믿고 있는 겐가?"

순간 월랑은 쇠망치로 뒤통수를 얻어맞은 듯 휘청거렸다. 오른쪽 다리에 힘이 풀려 하마터면 맥없이 쓰러질 뻔했다. 그는 간신히 발코니의 난간을 잡고 마젤린을 쏘아보았다.

"지금 무슨 소리를 하는 거요?"

"자네가 아버지를 얼마나 믿고 있는지 물어보았네."

"그게 지금 무슨 상관이오!"

"정말 자네 아버지가 음모 속에서 반역의 누명을 쓰고 희생됐다고 생각하는가?"

월랑은 속이 울렁거려 미칠 지경이었다.

그는 아예 두 손으로 난간을 잡고 간신히 숨을 몰아쉬었다.

"마치 그 말은… 당신이 하는 말은… 아버지가… 아버지가……."

"자네 아버지는 반역자였네."

월랑은 이내 난간을 부여잡고 있던 손을 놓고 말았다. 그는 그대로 발코니에 주저앉듯 쓰러졌다.

영공 수련을 한 직후여서 그 어느 때보다도 영적으로 예민할 때였다.

때문에 지금의 정신적 충격은 월랑에게 있어서 이루 말할 수 없는 고통이었다.

그는 마치 도끼에 뒤통수가 찍힌 듯 고통스러웠다.

관자놀이가 욱신거리고 속은 뒤집어져서 위액까지 모조리 토해 버릴 것만 같았다.

마젤린은 말을 이었다.

"자네 아버지는 반역자였네. 그에 대한 응징을 받았을 뿐일세. 그리고 자네는 분명히 반역자의 후손일세. 인정하고 싶지 않을 테지만 틀림없는 사실일세. 시리우스는 황제의 명을 받아 자네 아버지를 처단한 것일세."

월랑은 그 말을 끝으로 의식을 잃어버렸다.

얼마나 의식을 잃었던 것일까?

월랑이 다시 눈을 떴을 때는 여전히 같은 장소였다. 그는 차가운 대리석 바닥에서 누운 채로 눈을 떴다.

마젤린은 아직까지 그 자리에 우두커니 서 있었다. 그는 동상이라도 된 듯 꼼짝도 하지 않았다.

월랑은 몸을 일으켜 앉았다.

머리가 욱신거렸다.

"정신이 좀 들었는가?"

마젤린은 돌아보지도 않은 채 말했다.

"얼마나 지났습니까?"

"삼십 분 정도. 세상모르고 자더군."

월랑은 뒤통수를 어루만지며 일어섰다. 그는 난간을 양손으로 잡은 채 먼 하늘을 바라보았다.

그는 마치 지나가는 바람에게 묻듯이 입을 열었다.

"사실입니까?"

"사실일세."

마젤린의 대답은 잔인할 정도로 간단했다.

뭔가 조금 더 변명을 해주길 바랐다. 그래도 사연이 있었다고 얘기해 주길 바랐다.

하지만 월랑은 이내 단념했다.

그는 여전히 시선을 한곳에 둔 채 말을 흘렸다.

"전부 이야기해 주십시오."

"자네 아버지는 훌륭한 사람이었지. 하지만 지나쳤어. 자신의 힘을 과신했다고도 할 수 있지. 자네 아버지의 반역 음모는 일찌감치 간파되고 있었네."

"시리우스가 오기 전부터입니까?"

"그렇다네. 자네 아버지가 시리우스를 거두기 훨씬 전부터 역모는 진행 중이었다네. 황제는 잠자코 기회를 엿보고 있었네. 그러면서 한편으로는 자네 아버지가 마음을 돌리길 기다리기도 하셨지. 하지만 결국은 자네도 알다시피 결과가 그리 됐네."

월랑은 한참 동안 아무 말도 하지 않았다.

믿기 힘든 이야기다.

아버지가 반역이라니.

단 한 번도 생각해 본 적이 없다.

마젤린은 말을 이었다.

"물론 자네 아버지의 잘못이니 자네로서는 다소 억울할 수도 있겠어. 하지만 법이 그렇지 않나. 반역의 가문은 멸문일세. 자네가 살아남은 건 오히려 기적에 가까운 것일세."

"죽어 마땅했다는 말이군요."

월랑은 시니컬한 목소리로 중얼거렸다.

마젤린은 슬쩍 돌아보고는 말을 계속했다.

"법으로 보자면 그렇다는 말이지."

"어째서 아버지는 반역 따위를 할······."

월랑은 차마 말을 잇지 못했다. 말을 꺼내는 지금도 믿을 수 없었다.

"알 수 없지. 하지만 자네 아버지는 지금의 제국에 대해서 불만을 가지고 있었네. 그리고 한 가지, 자네가 들으면 더 충격적인 이야기가 있어."

"후후후."

월랑은 어둡게 미소 지었다.

이 이상 충격적인 이야기가 또 있다고?

단 한 번도 믿어 의심치 않았던 아버지가 사실은 반역자였 단다. 억울하게 멸문당한 가문이라고 복수의 칼을 갈았다. 한 데 그 아버지로부터 배신을 당한 것이다.

그런데 더 이상 충격적인 이야기라니.

"말씀해 주십시오."

월랑은 그 어떤 말을 들어도 더 이상 충격은 없을 거라고 생각했다. 그러면서도 한편으로는 두려운 마음이 일었다.

"지금 일어나고 있는 모든 현상, 사실 자네 아버지가 과거 에 시행하려고 했던 것일세."

충격이다.

월랑은 눈을 부릅뜨고 마젤린을 바라보았다.

"지금 무슨 소리를 하시는 겁니까? 그럼 아버지는 마약을 이용해서 정권도 잡고 세상에 재앙까지 불러일으킬……."

"믿기 힘들겠지만 분명한 사실일세."

월랑은 자신도 모르게 휘청거렸다.

"지금 절 놀리는 거지요? 그렇다고 해주십시오. 절 놀리는 거지요?"

"자네 아버지를 따르던 자들이 모두 죽었다고 했지? 그리 고 그들이 세상을 구해달라고 했다지? 그들은 어떻게 이런 현 상이 일어날 것을 알고 있었을까?"

"그야 시리우스의 음모를 파헤치고……."

"현실을 부정하려고 하지 말게. 그들은 한때 자네 아버지와 같이 그 빌어먹을 마약을 개발한 작자들이네."

마젤린은 험악한 소리로 말했다.

지금 그의 목소리는 마치 누군가를 나무라듯 엄숙했다.

"믿을 수 없습니다. 믿을 수 없습니다. 도대체 그런 터무니없는 소리를……. 아아, 정말 전 믿을 수 없습니다."

월랑은 다리에 힘이 풀려 털썩 무릎을 꿇고 말았다.

잠시 후 그는 무슨 생각이 났는지 벌떡 일어나 소리쳤다.

"하지만 보십시오! 아버지를 처단한 시리우스가 지금 버젓이 그 마약으로 재앙을 불러오지 않았습니까? 이건 어떻게 된 겁니까? 이건 분명히 시리우스가 아버지에게 모든 누명을 씌우고……."

"아니. 자네 아버지는 그때 분명히 역모를 꾀하고, 마약까지 개발했네. 그건 새삼스러운 비밀도 아니고, 궁내에서도 고위 귀족들은 모두 알고 있는 사실이었어."

"그럼 도대체 시리우스는 왜!"

"그게 나도 궁금하군. 어째서 그가 이런 짓을 저지르는지."

마젤린은 그렇게 말하고는 하늘을 올려다보았다.

월랑은 이마를 짚고 비틀비틀 걸음을 옮겼다.

바람이 지나치게 차게 느껴졌다. 어서 따뜻한 곳으로 가서 몸을 눕히고 싶었다.

그가 발코니 안쪽으로 들어가려는데 마젤린이 불러 세웠다.

"자네, 이 사실을 알고도 인류를 구해보겠다는 건가?"

"……"

"자네가 그랬지? 어쩐지 이 모든 일이 자네와 연관된 느낌이라고."

"……"

"정확히 말하자면 자네 아버지로부터 시작된 비극이지. 오늘의 비극은 모두 자네 아버지가 시발점이야."

"그만. 이제 충분히 알았습니다."

"그래도 싸울 텐가?"

"…모르겠습니다."

"흘흘흘, 하긴 아버지의 죄를 자식이 씻을 필요는 없지."

월랑은 날카로운 눈초리로 마젤린을 쏘아보았다.

그가 의도적으로 비꼬고 있다는 것을 알면서도 속이 쓰린 건 어쩔 수 없었다.

"지금은… 좀 쉬고 싶습니다."

"흘흘흘. 천천히 생각하게나."

월랑이 다시 걸음을 옮기려고 할 때, 마젤린은 한마디 덧붙였다.

"만약 싸울 생각이라면, 자네 운명으로부터 싸울 의지가 있다면 다시 한 번 찾아오게."

"⋯⋯?"

"부적술은 완성해야 하지 않겠나."

"부적술을 아십니까?"

월랑이 놀라서 되물었다.

마젤린은 고개를 저었다.

"부적술은 알지 못하네. 하지만 이 세계의 법칙에 대해서 알고 있지. 부적술은 이계에서 유입된 것. 자네 부적술이 영계에서 유독 약한 이유는 이 세계의 법칙을 아직 깨닫지 못해서이지. 그 법칙을 알려주겠네."

"그 법칙을 알고 극복한다면?"

"그럼 자네가 하는 것에 따라 원하는 경지를 이룰 수 있을지도 모르지. 흘흘, 마음이 결정되면 신전 최고층으로 찾아오게나."

월랑은 고개를 숙이고 한참 동안 가만히 서 있었다.

5분이 흐르고 나서 그는 말없이 걸음을 옮겼다.

*　　*　　*

"나 원, 도대체 무슨 일인지 알아야지⋯⋯."

루브르가 빈 술병을 흔들며 투덜거렸다.

그는 의자에 앉은 채 양발을 테이블에 올려놓고 있었다. 그 뒤에는 이카렌이 소파에 앉아서 뚱한 표정으로 창밖을 보고 있었고, 학우는 바닥에 앉아 개미들을 부렸다.

소화 역시 다른 마수들과 마찬가지로 시무룩한 표정이었다. 다른 단원들은 습관처럼 방 곳곳에 은신해 있었다.

월랑의 방문 앞에서는 사야가 줄곧 서성였다. 그녀는 몇 번이나 손잡이로 손을 뻗다가 이내 거두고는 안절부절못했다.

월랑이 방으로 들어간 지 사흘째.

그는 식음을 전폐하고 단 한 번도 밖으로 나오지 않았다.

그날, 대신관과 이야기를 나누고 돌아온 후 지금까지다.

월랑은 자신의 방에 누구도 들어오지 못하도록 못을 박았다. 그마저도 부족했는지 그는 문에 강화부까지 부착해서 잠가 버렸고, 방음부도 붙였다.

하지만 정신적으로 안정되지 못한 상태에서 적은 부적이기에 효력은 미약했다.

때때로 월랑의 방에서 그의 고함 소리가 불쑥불쑥 튀어나오곤 했다.

사야는 다음날 당장 대신관을 찾으러 갔지만, 그는 어디에서도 볼 수 없었다. 신전 내의 신관들이나 사제들마저 그가 어디 있는지 알 수 없다고 하니 방도가 없었다.

"녀석, 도대체 무슨 이야기를 듣고 온 게야?"

루브르는 새로운 술병 마개를 열며 중얼거렸다.

그가 술병을 나발 불려고 할 때였다.

영원히 열리지 않을 것만 같던 방문이 벌컥 열리며 월랑이 나타났다.

마수들의 시선이 일시에 월랑에게 쏠렸다.

월랑의 몰골은 말이 아니었다.

단지 사흘을 굶은 사람의 모습이 아니다.

그는 마치 온갖 세상의 고뇌를 다 덮어쓰고 죽어가는 사람 같았다.

그가 갑자기 발작이라도 난 듯 외쳤다.

"우리 아버지는 반역자다!"

"우푸! 콜록! 콜록! 도대체 무슨… 콜록! 콜록!"

술을 들이키던 루브르는 난데없는 월랑의 고함 소리에 사 레가 들려 심하게 기침을 해댔다.

다른 마수들 역시 벙 찐 표정으로 월랑을 보았다.

그러거나 말거나 월랑은 다시 외쳤다.

"나는 반역자의 후손이다! 지금 일어나는 지독한 사태는 모두 내 아버지가 저지른 짓이다! 그리고 나는 그의 아들이 다!"

"월랑, 미친 게냐?"

"루브르! 사야! 이카렌! 소화! 학우!"

월랑은 마수들을 한 명씩 호명하고는 이글이글 타는 눈으 로 그들을 돌아보았다.

마수들은 그저 어쩔 줄 모르는 표정으로 월랑의 시선을 받 아들였다.

"나는 아무래도 이 재앙을 마무리 지어야겠다. 내 아버지의 죄를 내 피로써 씻을 수 있다면 그렇게 할 작정이다. 나는 지금까지 고결한 척했지만, 내 몸에는 반역자의 더러운 피가 흐른다. 나라도 버리고 싶은 피다. 그러니 너희 중 누구라도 나를 떠나고 싶다면 절대로 말리지 않아. 오히려 그 옳은 선택을 열렬히 환호해 줄 수도 있다."

"거참, 말머리가 너무 길어. 그래서 무슨 이야기야?"

루브르가 그러잖아도 주름으로 자글자글한 이마를 더욱 찌푸리며 말했다.

월랑은 털썩 무릎을 꿇었다.

"너희들에게, 아니, 이 세상 모든 사람들에게 사죄한다."

그러고 나서 그는 이야기를 시작했다.

말을 모두 끝마친 월랑은 그대로 일어나서 어디론가 가버렸다.

한편 마수들은 월랑의 말을 모두 듣고 나서 멍한 표정이 됐다.

마수들 중 누구도 쉽게 입을 여는 자가 없었다.

그들 모두 월랑의 복수를 이루어주고 싶었다. 그게 지극히 개인적인 일이라고 할지라도 복수를 도와주고 싶었다. 게다가 상대는 인류를 멸망시키려는 질 나쁜 계획까지 세우고 있지 않은가.

그런데 졸지에 복수의 상대가 없어졌다.

게다가 지금 벌어지고 있는 이 질 나쁜 계획이 월랑의 아버지로부터 시작된 것이라고 하니…….

'이걸 어떻게 받아들여야 하나.'

마수들은 한동안 멍청한 표정으로 꼼짝도 하지 않았다.

"충격이 꽤 컸겠어."

루브르는 침울한 표정으로 중얼거렸다.

마수들은 저마다 고개를 끄덕이며 무언의 동조를 했다.

지금 이 순간 가장 충격을 받은 사람은 다름 아닌 월랑일 것이다.

월랑은 계단을 한참 오른 후 어두운 복도로 꺾어들었다.

복도에서는 어떤 기척도 느껴지지 않았다.

하지만 월랑은 이 복도를 따라서 안쪽 깊숙이 들어가면 두 사람이 서 있을 것이라는 것을 알았다.

영기가 느껴지기 때문이다.

아니나 다를까, 모퉁이를 돌아서자 복도 끄트머리에 두 사람이 서 있는 모습이 보였다.

두 사람은 신성력을 이용해서 극도로 기척을 죽이고 있었다.

다가오는 사람을 암습하거나 경계하기 위한 것은 아니다.

오히려 방 안쪽에서 수양하고 있을 대신관을 배려하기 위해서다.

월랑은 거침없이 걸음을 옮겼다.

그가 아무 생각 없이 문을 열고 들어서려고 하자 사제 두 사람이 동시에 앞을 가로막았다.

"무슨 용무이신지요?"

사제는 정중하게 말했다.

하지만 그들의 눈빛에는 월랑에 대한 멸시가 가득 담겨 있었다.

"대신관을 뵈러 왔소이다."

"대신관님은 현재 기도 중이십니다."

월랑은 잠시 머뭇거리고는 대꾸했다.

"언제가 좋겠소?"

"그건 저희도 알 수가 없습니다."

옆에 서 있던 다른 사제 역시 조소를 머금고 대꾸했다.

"1개월이 걸릴지 1년이 걸릴지 모르지요."

"그럼 쳐들어가는 수밖에."

월랑이 날카로운 눈빛으로 말하자, 사제들은 움찔 떨고는 만류했다.

"자, 잠깐 기다리십시오."

"이건 무례한 행동입니다. 돌아가서 기다리십시오. 때가 되면 저희 쪽에서……."

하지만 그 사제는 마저 말을 맺지 못했다.

끼기이이.

그들 뒤에 있는 커다란 문이 시름시름 앓는 소리를 내며 열렸다.

안에서 웅웅 울리는 목소리가 흘러나왔다.

"들여보내게."

대신관의 목소리다.

두 사제는 황망한 표정으로 물러서며 길을 터주었다.

월랑은 두 사람에 일별도 주지 않고 걸음을 옮겼다.

실내는 빛 한 점 없는 어두운 공간이었다.

월랑이 들어서자마자 커다란 문은 다시 닫혔다.

"흘흘흘, 역시 당황하지 않는군."

목소리는 사방에서 들렸다.

신성력을 사용하고 있기 때문에 사방 어디에서든 대신관의 목소리가 들리는 게다.

하지만 월랑은 한곳만 응시하며 담담하게 대꾸했다.

"죽을 곳으로 들어온 것도 아닌데 당황할 이유가 있겠습니까?"

"흘흘흘, 내가 어디에 있는지도 분명히 보이는 모양일세."

"예, 보입니다."

"역시 생각대로야. 한편으로는 두렵기도 하군."

"무엇이 말입니까?"

"자네가 부적술을 완성하게 되면 그 힘이 얼마나 대단할지 말일세. 자네는 이 세계의 법칙을 완전히 이해하지 못한 상태에서도 그만한 영력을 사용할 수 있지 않나. 한데, 세계의 법칙을 알고 그 법칙에 따라 부적술마저 완성된다면……."

마젤린은 거기까지 말하고 잠시 멈췄다.

그리고 다시 말을 이었다.

"과연 그것이 좋은 일일지, 재앙이 될지……."

"재앙이 된다면 처음부터 손을 대지 않았을 겁니다."

"하지만 자네에게는 지금 이 세계에 재앙을 불러일으킨 자의 피가 흐르고 있네."

월랑은 움찔 떨고는 무섭게 눈을 치떴다.

하지만 마젤린에 대한 분노는 아니다.

다만 그 사실을 다시 한 번 상기하자 몸서리쳐지게 자신의 존재가 싫었던 탓이다.

"제 피로써 아버지의 죄를 씻을 겁니다."

"흘흘흘. 그 말, 재미있지 않나?"

"뭐가 말입니까?"

"자네가 보았다던 그 경전 말일세. 그 이야기와 상당히 닮은꼴이 아닌가. 칼리고 신은 인간을 멸하려고 하고, 이라 신은 자신의 피로 인간들을 구한다."

월랑은 저도 모르게 또 한 번 움찔 몸을 떨었다.

그러고 보니 너무 비슷하지 않은가. 마치 자신을 겨냥해서 만들어진 경전처럼.

그렇다면 정말 그 경전은 자신을 겨냥한 것인가?

문득 뱃속에서 뜨거운 분노가 끓어올랐다.

도대체 시리우스는 무슨 생각으로 자신을 이렇게 고통스럽게 만드는 것인가! 자신을 어디까지 놀릴 참인가!

"뭐, 지나친 해석일지도 모르지만 말일세."

마젤린은 대수롭지 않다는 듯 말을 넘겼다. 그러고는 월랑을 향해 사박사박 걸어왔다.

물론 그 모습은 전혀 보이지 않았다.

다만 영기가 또렷하게 느껴졌다.

"결심은 섰는가?"

"가르쳐 주십시오, 이 세계의 법칙이라는 것을."

"결심이 선 모양이군. 흘흘."

마젤린은 뒷짐을 지고는 몸을 돌렸다.

그는 보이지도 않는 천장을 올려다보며 말했다.

"중원이라는 곳, 그 이계에는 신이 있나?"

"모릅니다. 아버지도 모른다고 들었습니다. 선조 역시 모른다고 전해 들었습니다."

"그럼 이곳에는?"

"있지요."

"그럼 대답은 나온 것이 아닌가?"

"무슨?"

월랑은 고개를 들었다.

마젤린은 수염을 쓸어내리며 말을 이었다.

"중원이라는 곳에서는 신의 개입이 지극히 적었단 말일세. 그런 만큼 인간의 권한은 더 많았다고 생각하네. 영계를 다스려서 죽은 자를 산 것처럼 부리는 것 역시 마찬가지일세. 귀신을 쫓고 길손을 부르는 정도의 부적술이라면 가히 신의 경지에 가깝다고 볼 수 있지. 실제로 영환도사란, 영을 소환하는 도사가 아니던가? 그건 그야말로 이 세계에서는 신에 가까운 경지일세."

"하지만 의신관 중에는 귀신 들린 자를 치료하는 자도 많지 않습니까?"

"물론. 하지만 그들은 자신의 능력이 아닐세. 신의 능력을 잠시 빌리는 것뿐일세. 신의 도움으로 치료가 되는 게야. 그들이 잠시라도 신의 의지에 반하는 생각이라도 했다가는 신성력을 발휘할 수 없네. 신성력이라는 것에는 큰 조건이 붙어 있는 걸세."

"하지만 부적술은 그 과정이 생략된다는 거군요."

"그렇다네. 신의 의지와 무관하게 인간의 의지로 영계를 다스릴 수 있다는 건 대단한 이야기가 되지. 즉, 신의 개입이 큰 이곳에서는 중원처럼 자유롭게 영계 부적을 사용할 수가 없는 게야."

"그럼 어떻게 하면 됩니까?"

"합의."

"합의라는 것은?"

"영계를 다스리는 하급 신이 있네. 영왕이라고 하지."

"영왕?"

"쉽게 말하자면 여러 신들의 종이라고 볼 수도 있을 걸세."

월랑은 선뜻 이해되지 않았지만, 대략 염라대왕쯤으로 여겼다. 염라대왕이라는 말은 아버지로부터 자주 들었기에 그 의미는 대략이나마 알고 있었던 터다.

"그럼 그 영왕과 제가 합의를 보아야 한다는 겁니까?"

"그걸세."

"하지만 어떻게?"

"영왕은 절대로 인간계에 간섭하지 않아. 자네가 영계의 영왕을 찾아가는 수밖에. 흘흘흘."

"만약 영왕을 찾아가서 합의가 이루어진다면?"

"그땐 그야말로 죽은 자도 부릴 수 있는 경지가 되겠지. 강시라고 했던가? 시체를 부리겠지. 생각만 해도 끔찍하군. 흘흘흘."

"그렇게 끔찍하다고 여기면서 이런 방법을 왜 가르쳐 주시는 겁니까?"

마젤린은 몸을 돌리고 월랑을 보았다.

"자네라면, 자네라면 그래도… 하는 마음으로 말하는 걸세. 내 나름대로 도박을 하는 걸세."

월랑이 씁쓸히 웃음을 흘렸다.

"훗, 바람직하지 못한 대신관이시군요."

"그러게 말이야. 흘흘."

"그렇다면 마지막으로 질문드리겠습니다. 그 영계를 다스린다는 영왕을 만나기 위해서는 어떻게 해야 합니까?"

마젤린은 다시 눈길을 돌리며 대꾸했다.

"앞서 말했지만, 이 방법은 분명히 옳다고 할 수는 없네. 어찌 보면 인간이 신의 권능에 도전하겠다는 뜻이나 다름없으니까. 게다가 자네가 사용하려는 이 힘은 그 자체로 어둠일세. 어둠의 힘이야. 밝은 경로로 떳떳하게 갈 수는 없어. 영력이 집약된 곳, 그런 곳을 찾게나. 이곳 신전처럼 신성한 곳은 안 될 걸세. 그런 곳이 어디냐고 묻진 말게나. 그건 자네가 알아서 할 일이니까."

월랑은 입을 다물었다.

그는 한참 동안 서 있다가 몸을 돌렸다.

결심이 섰고 방법도 들었으니 이제 실천만 남았다. 이 일을 성공한다면 그는 엄청난 힘을 얻게 될 게다. 그 한계가 어디까지인지는 본인도 잘 알지 못한다.

하지만 마젤린의 이야기를 들은 것만으로도 어쩐지 대단한 결과를 도래할 수도 있다는 생각이 든다.

마젤린이 불쑥 말을 꺼냈다.

"장소를 찾았다면 영계에 들어가는 방법은 간단하네. 유체 이탈이네."

"유체 이탈."

"그렇다네. 그 장소가 틀림없이 적합하다면, 유체 이탈과 동시에 영계로 들어설 걸세. 하지만 한 가지는 분명히 기억하게."

마젤린은 잠시 뜸을 들인 후 그 어느 때보다도 진중한 목소리로 말을 이었다.

"만약 영계에 들어가게 되면, 현계의 시간 개념으로 하루 이상을 머물러서는 안 되네."

"머무른다면?"

"그대로 언제까지나 머물게 되는 게지."

"죽는다는 뜻입니까?"

"당연한 것 아니겠나? 본래 영계는 산 자가 들어설 수 없는 세계야. 그런 곳에 발을 디뎠으니 반쯤 죽은 게야. 그런 데서 너무 오래 머물면 그대로 죽는 게지."

"현계의 시간 개념과 영계의 시간 개념의 차이는 어떻습니까?"

"흘흘, 어려운 질문을 하는군. 나는 아직 영계에 가본 적이 없다네. 그거야말로 나도 모르는 질문이군. 현계에서 한 시간이 영계에서도 한 시간일지, 아니면 하루가 될지, 1년이 될지. 전혀 모른다네."

"하루라……."

"이제 가보게. 내가 할 말은 다 했으이."

월랑은 가볍게 고개를 끄덕이고는 걸음을 옮겼다.

굳이 문을 열지 않아도 커다란 문은 저절로 열렸다.

"그렇게 됐으니 나머지는 너희들 의사에 맡기겠어."

월랑은 말을 매듭지었다.

대신관으로부터 들은 모든 이야기를 마수들에게 전했다. 그리고 그들에게 선택을 맡겼다.

루브르가 피식 웃었다.

"너, 꼴통이냐? 아직도 우리가 누군지 모르냐?"

"저 자식 꼴통 맞아, 영감."

이카렌이 혀를 차며 빈정거렸다.

월랑은 무심한 눈길로 그들을 볼 뿐이었다.

학우가 불쑥 나서며 말했다.

"사실 너 없을 때 우리끼리 정했다, 언제 널 떠날지. 대신 우리가 떠나기 전에는 너의 팔과 다리가 되어주기로 했다."

"그래서 언제 떠나려고?"

이번에는 이카렌이 창을 휘돌리며 대꾸했다.

"네놈이 죽을 때."

월랑은 아무런 말도 없이 가만히 있었다.

그러다가 문득 생각이라도 난 듯 말했다.

"설마 떠나고 싶어서 날 죽이진 않겠지?"

"뭐야, 이 자식!"

이카렌이 으르렁거리며 월랑에게 달려들었다.

월랑은 이카렌에게 목이 졸리면서 희미하게 웃었다.

마수들의 입가에 오랜만에 미소가 번졌다.

Chapter 8

　슈안은 긴 복도를 한참 동안 걸어갔다. 복도 옆은 일정한 간격으로 창이 뚫려 있었는데 그 사이로 따사로운 빛이 양껏 흘러들었다.

　그는 빛과 그림자를 차례차례 지나가서 어느 방문 앞에 멈췄다.

　금빛 장식이 호화롭게 새겨진 방이었다. 문 앞은 여느 때와 같이 두 명의 사병이 석상처럼 굳은 자세로 서 있었다.

　슈안은 두 사병에게 눈길도 주지 않고 문짝만 바라보며 말했다.

　"슈안입니다."

"들어오세요."

실내에서 부드러운 남자의 목소리가 들려왔다. 그와 동시에 사병 두 명이 기계처럼 옆으로 물러나며 길을 터주었다.

실내 역시 따사로운 햇빛이 듬뿍 스며들고 있었다.

평화롭기 그지없는 풍경이다.

그리고 창가에서 뒷짐을 지고 서 있는 긴 금발의 남자 역시 숨이 멎을 만큼 아름다웠다. 다만 그의 곁에 서 있는 주름이 자글자글하고 죽어가는 눈빛을 한 늙은이만큼은 이런 방에 어울리지 않았다.

노인의 눈은 어딘지 다른 세계를 응시하는 듯 흐리멍덩했다. 게다가 입은 반쯤 벌어져서 금방이라도 침이 턱을 타고 흐를 것 같았다.

썩은 동태 눈깔.

그보다 노인의 상태를 잘 표현해 주는 말도 없으리라.

슈안은 그 노인을 보고 잠깐 눈살을 찌푸리고는 시리우스를 향해 말했다.

"마수들이 루멘교를 찾아갔었습니다. 그리고 지금은……."

"안 되죠, 안 되죠, 슈안. 제대로 황제께 인사를 올리지 않으면 안 됩니다. 이분은 이 제국의 황제이십니다. 예를 갖추도록 하세요."

시리우스는 슈안의 보고를 막으며 말했다.

그러자 슈안은 이맛살을 구겼다.

"하지만 이런 자를 아직도……."

"슈안."

말을 가로지른 시리우스의 눈빛이 차갑게 빛났다. 슈안은 순간 얼음 덩어리를 한 주먹 집어삼킨 것처럼 오싹했다. 그는 급히 고개를 숙이며 대꾸했다.

"제가 실수했습니다."

"그럼 황제께 먼저 예를 갖추도록 하세요."

시리우스의 표정은 거짓말처럼 온화해졌다.

슈안은 황제 앞에 다가가 무릎을 꿇고 예를 갖췄다.

"슈안이 높고 높으신 황제님을 뵙습니다."

그는 주름진 황제의 손등에 입을 맞췄다.

그러거나 말거나 황제는 여전히 썩은 동태 눈깔이었다. 슈안은 조심스럽게 일어나서 시리우스를 보았다.

시리우스는 온화한 미소로 고개를 끄덕였다.

보고를 하라는 뜻이다.

"마수들은 루멘교에서 나와 남쪽으로 내려가고 있습니다. 지금까지 그들이 거친 곳은 코바사, 카렌입니다. 그리고 지금의 방향으로 보건대 아무래도 자이메로 가는 중인 듯합니다."

"코바사와 카렌을 거쳤단 말입니까?"

질문하는 시리우스의 눈에 이채가 서렸다.

어째서 두 도시를 거쳤을까?

두 도시는 서로 떨어져 있다. 물론 아주 먼 곳은 아니지만, 자이메로 가는 길이라면 두 도시를 일부러 지나칠 이유가 없다.

그들이 코바사와 카렌을 지나쳤다는 것은 분명 이유가 있을 게다. 더구나 두 도시는 오래전부터 터가 좋지 않은 곳이었다.

무법자가 난무하는 곳.

그런 도시를 찾아간 이유는 무엇일까?

혹시 몬스터가 있을 거라고 생각하고 그것을 처리하기 위해서?

시리우스는 생각을 거두고 슈안을 보았다.

"코바사와 카렌 시에는 전파사를 파견한 곳이던가요?"

"아니오. 두 곳 모두 아직입니다."

시리우스는 한참 만에 다시 입을 열었다.

"지금 즉시 두 곳에 전파사를 파견하도록 하세요."

"양은 얼마나……."

"최대한입니다."

"알겠습니다."

슈안은 진지한 표정으로 고개를 끄덕였다.

이걸로 두 도시에는 몬스터가 넘쳐 나기 시작할 게다.

시리우스는 이어서 또 다른 지시를 내렸다.

"그들이 자이메에 도착한다면 뭘 하는지 눈여겨보도록 하세요. 재빠르고 눈치가 좋은 자들을 이용해야 할 겁니다. 그리고 그들이 자이메를 떠나는 순간, 전파사를 파견하는 겁니다."

"마찬가지로 최다량입니까?"

"물론."

"곧바로 시행하겠습니다."

슈안은 고개를 숙이고 몸을 돌렸다.

그가 황제에게도 인사를 한 다음 실내를 빠져나가려고 할 때였다.

시리우스가 문득 그를 돌아보며 물었다.

"요즘 임페리얼 워치는 뭘 하고 있습니까?"

"우선은 행동을 자제시켰습니다."

"물론 그들은 당신이 여기 있는 것을 모르겠지요?"

"아직 모릅니다."

임페리얼 워치는 아직 슈안이 마수들과 함께 있는 줄 알고 있다.

그들은 이스트본에서 끔찍한 광경을 본 후 곧장 마수들의 뒤를 쫓았다.

하지만 얼마 지나지 않아서 황제의 직속 기사단인 섀도우 나이츠가 나서는 바람에 그들의 활동은 곧장 중지됐다.

섀도우 나이츠는 임페리얼 워치와 더불어 세계 5대 노터치

라인인 만큼 젠드리로서도 함부로 대할 수 없었다.

결국 황궁의 명을 받지 않겠다는 그들의 태도 때문에 곧장 징계가 내려졌고, 지금은 모두 정해진 거처에서 다른 기관의 기사들의 감시를 받으며 지내는 중이다.

때문에 슈안의 존재에 대해서도 전혀 모르고 있었다.

시리우스는 지체없이 다음 지시를 내렸다.

"그들을 풀어주세요. 마수들을 쫓도록 하세요. 너무 오래 쉬어도 좋지 않지요. 단, 아무리 사소한 것이라도 무조건 상부에 보고하는 것을 조건으로 풀어주도록 하세요."

슈안은 시리우스의 의도가 무엇인지 확실히 알았다.

이번 기회로 마수들에게 좀 더 확실한 누명이 씌워질 게다. 마수들이 지나가는 곳마다 사람들이 사라지고 몬스터가 들끓게 되는 게다.

그리고 그 뒤를 임페리얼 워치가 쫓게 되니 확실한 오해를 사는 것이다.

그와 동시에 임페리얼 워치는 사소한 것이라도 수상한 점이 있다면 상부에 보고할 것이며, 이는 좀 더 마수들을 지켜보기에 좋은 조건이 된다.

"그런데 만약 워치가 마수들을 잡게 되면……."

"후후후, 괜찮습니다. 지금의 그들은 워치에게 사로잡힐 정도가 아닙니다."

슈안은 더 이상 토를 달지 않았다.

그는 깊이 고개를 숙인 후 실내를 나갔다.

                    *   *   *

자이메 시의 서쪽 어귀, 마을 공용 창고 앞.

사야와 학우는 높은 전나무 가지 위에 올라갔다.

사야는 1킬로미터 밖에서 지나가는 개미 한 마리도 놓치지 않겠다는 듯 눈을 부릅뜨고 살폈다.

학우는 나뭇가지에 걸터앉아 마치 잠이라도 자는 듯 편안한 표정으로 눈을 감고 있었다. 하지만 지금 그는 그 어느 때보다도 예민한 상태였다. 전신의 모든 감각을 가시처럼 곤두세우고 자신이 부리는 수만 마리의 곤충과 소통하는 중이었다.

그리고 창고를 빙글 둘러싸듯 포진되어 있는 아바돈 용병단원. 그들은 여느 때와 다름없이 그림자 속에서 호흡마저 숨긴 채 대기하고 있었다.

그들은 사야로서도 분명하게 형체를 가려내기 힘들 만큼 완벽한 은신술을 펼쳤다.

그리고 창고 문 앞에는 루브르와 이카렌이 굳건하게 버티고 있었다.

모든 준비는 끝났다.

적어도 월랑이 부적을 완성할 때까지 그 어떤 사람도 들어

갈 수 없도록 해야 한다.

이카렌이 루브르를 힐끔거리고는 말했다.

"그런데 정말 여기서는 될까?"

"끄음, 모르지. 해봐야 알지."

루브르도 자신없는 듯 시무룩한 표정으로 대꾸했다.

벌써 세 번째 도착한 도시다.

루멘교의 대신관이 말한 것처럼 그들은 어두운 기운이 모여 있을 것 같은 곳만 찾아갔다.

범죄가 많이 일어나고, 영주가 악덕 정치를 해서 억울하게 죽어간 자가 많은 곳, 귀(鬼)가 많다고 소문난 곳, 그런 곳만 찾아다녔다.

하지만 월랑은 번번이 유체 이탈에 실패했다.

부적은 완벽했다. 하지만 외부적인 환경 요인이 따라주지 않았다.

그렇게 두 도시에서 실패한 후 도착한 곳이 바로 이곳 자이메다.

여기는 50년 전, 악덕 영주에 대한 반란을 일으킨 시민 300여 명이 죽은 장소다. 지금도 그 무덤이 존재한다.

물론 그 후로 악덕 영주는 황제가 보낸 감찰자에 의해 모든 사실이 낱낱이 드러나면서 처형당하고 말았다.

그러나 그 후로 체제 정비가 신속하게 이루어지지 않는 등 여러 난관을 거치면서 무법지대에 가까운 도시가 돼버렸다.

'이런 조건이라면… 이 정도라면…….'

루브르는 가만히 속으로 중얼거렸다.

이런 악운이 깃든 도시라면 웬만큼 어두운 기운이 깔려 있다고 봐도 되지 않을까?

하지만 자신은 없다.

당최 대신관은 너무 애매모호한 이야기를 꺼낸 것이다.

덮어놓고 어두운 기운이 많은 곳을 찾으라니. 그런 곳을 가려낼 수 있는 기준이 뭐란 말인가.

억울한 영혼이 많이 잠든 곳? 터가 좋지 않은 곳?

도대체 어딜 가야 영계와 가장 가까이 다가갈 수 있단 말인가?

분명 영계와 가장 가까운 장소라면 한 군데 있다.

신전이다.

그것도 대신전이면 그 어느 곳보다도 영계와 가까이 접해 있는 현계라고 볼 수 있다.

하지만 대신관은 신전처럼 신성한 곳은 안 된다고 했다. 신의 다스림이 없으면서 영계와 가까운 곳. 어둠의 경로를 찾으라 했다.

"어둠의 경로라……."

루브르는 입술을 달싹이며 중얼거렸다.

그때, 불현듯 그의 머릿속을 스치는 무언가가 있었다. 그는 무심결에 눈을 부릅뜨고 무릎을 탁 쳤다.

그런데 그와 동시에 이카렌이 고개를 휙 돌리고 루브르를
바라보았다.

먼저 입을 연 사람은 이카렌이었다.

"방금 한 군데 생각이 났어."

"그러냐? 나도 지금 막 어떤 곳이 떠올랐는데. 킬킬."

"어디?"

"넌?"

두 사람은 잠시 서로 바라보다가 장소를 입에 올렸다.

하지만 두 사람이 내뱉은 장소는 서로 다른 곳이었다.

월랑은 어두운 창고 안에서 두 눈을 감고 정좌했다.

그의 앞에는 괴황지 여덟 장과 작은 붓 하나, 큰 붓 하나,
그리고 경면주사를 갈아서 만든 붉은 액이 놓여 있었다. 그리
고 그릇에는 부적을 위한 깨끗한 물, 정수도 담겨 있었다.

끝으로 그는 품에서 책에 달려 있던 펜타그램을 넣었다.

월랑은 귀를 완전히 닫은 후 눈을 떴다.

그는 이제 소리를 들어도 들은 게 아니다.

그의 마음은 무(無)의 공간에 떠 있는 게다. 세상과 분명히
분리된 정신 상태.

눈동자의 초점도 어쩐지 이 세상의 것을 보고 있는 것이 아
닌 듯 느껴졌다.

월랑은 정수에 숨을 불어넣은 후, 서른여섯 군데의 방향에

각각 향을 피워 올렸다. 범인이라면 이 향내만 맡아도 야릇한 환각에 사로잡히리라.

향을 모두 피운 월랑은 나지막하게 분향주를 읊었다.

이미 주지문과 주필문, 주묵문을 외운 후다.

분향주를 완전히 읊은 월랑은 괴황지 한 장을 자신의 앞으로 끌어당겼다. 그리고 작은 붓을 들고 천천히, 그러나 머뭇 거림없이 곧장 부적을 써 내려갔다.

그는 부적을 쓰면서도 쉼없이 서부주를 읊었다.

괴황지는 모두 여덟 곳에 붙여진다.

마지막 부적을 완성한 월랑은 여덟 개의 부적을 팔방에 날렸다.

그리고 커다란 붓을 들고 자리에서 일어났다.

이제 마지막이다.

이 붓을 이용해서 바닥에 부적을 새기면 모든 준비는 끝난다.

월랑은 심호흡을 한 번 한 후, 바닥에 부적을 새겨 나가기 시작했다.

스슥, 사사삭!

부적은 빠르게 휘갈기듯 새겨졌지만, 한획한획 그을 때마다 월랑은 혼신의 힘을 실었다.

스스슷!

이윽고 마지막 획을 마무리하자마자 월랑은 그동안 참았

던 숨을 토해냈다.

그리고 곧장 바닥에 새겨진 부적 한가운데로 걸어가서 정좌했다.

남은 것은 부적에 영험함을 불어넣기 위한 부주다.

그런데 월랑은 지금까지와 다르게 이계어가 아닌 고대어를 사용해서 부주를 읊었다.

가상의 수련 방에서 연구한 결과 유체 이탈을 이용해서 영계로 접속하기 위해서는 고대어를 사용한다는 말이 있었기 때문이다.

"에스아데 디스아르빠 데모토라 디멘다⋯⋯."

월랑은 한참 동안 온 정신을 집중해서 부주를 읊었다.

부적을 만드는 과정이 모두 그렇듯, 부주 역시 발음이 조금이라도 틀리거나 잠시라도 더듬거린다면 모든 게 헛일이다.

다행히 월랑이 주문을 완전히 외울 때까지 주변의 그 어떤 방해도 없었다.

남은 것은 유체 이탈.

월랑은 정좌를 한 자세로 대략 30분 정도 꼼짝도 하지 않았다.

'안 되는 건가.'

몸이 붕 뜨는 듯한 느낌이 들다가도, 그런 느낌을 깨닫는 순간 현실이 또렷하게 인식된다.

틀렸다.

여기도 아니다.

월랑은 본능적으로 직감했다.

이곳이 어두운 기운이 집약된 마을인지는 몰라도, 영계와 가까운 현계의 장소는 아닌 게다.

장소를 다시 찾아야 한다.

"후~!"

월랑은 눈을 뜨고 한숨을 길게 내쉬었다.

벌써 세 번째.

영계와 가까운 장소. 어둠의 경로.

도대체 어디로 가야 한단 말인가.

이 모호한 단서만 가지고 찾아갈 곳이 한두 군데인가?

생각하기에 따라서는 스무 군데, 서른 군데도 넘는다. 반대로 한 군데도 찾기 힘들기도 하다.

월랑은 몸을 일으켰다.

오랫동안 일념 하에 부적만 만들어서 그런지 심신이 몹시 지친 상태였다.

그는 완전히 서기도 전에 오른쪽 무릎이 꺾여 휘청거렸다.

"피곤하군."

월랑은 잠꼬대처럼 웅얼거리며 터벅터벅 걸음을 옮겼다.

육중한 창고의 문을 열자 빛살이 쏟아져 들어왔다.

마수들은 월랑이 창고 밖으로 나오자 모두 긴장을 풀었다.

더 이상 주위를 경계하지 않아도 되기 때문이다.

하지만 그들의 얼굴은 하나같이 어두웠다.

"또 실패구먼?"

루브르가 툴툴거리는 목소리로 물었다.

월랑은 고개를 끄덕였다.

그는 아직까지 전나무 위에서 주변을 살피고 있는 사야와 학우를 힐끗 거리고는 물었다.

"별다른 일은 없었고?"

"아직까진."

"그나마 다행이군."

"이제 또 어딜 갈 생각이야?"

월랑은 어깨를 으쓱이고는 솔직하게 말했다.

"정말 모르겠군."

루브르와 이카렌은 서로를 보았다.

월랑도 두 사람의 태도를 보고 그들이 자신에게 뭔가 할 말이 있음을 알 수 있었다.

루브르가 먼저 술병을 나발 불고는 말을 꺼냈다.

"킬킬, 우리가 생각한 곳이 있는데 말이야."

"생각한 곳?"

"내 짐작이라면 우리가 생각한 두 군데 중 하나는 틀림없을 게야."

월랑이 눈을 동그랗게 뜨고 물었다.

"그곳이 어딘데?"

이카렌이 불쑥 나서서 대꾸했다.

"이스트본."

"그건 이 녀석이 생각한 곳."

루브르가 말을 거들었다.

월랑은 저도 모르게 고개를 끄덕였다.

과연 이스트본이라면 그럴싸하다. 제국 100주년 기념식 때 얼마나 많은 사람들이 죽었던가. 인류의 멸망이 시작된 곳이라고 봐도 과언이 아니리라.

그때를 기점으로 지금 전 제국에 몬스터가 확산되고 있다.

억울하게 죽어간 영혼이 그곳만큼 많은 곳도 없을 것이다.

"과연……"

월랑이 고개를 끄덕이며 수긍했다.

그때 루브르가 끼어들었다.

"그런데 내 생각은 좀 달랐지. 킬킬."

"영감은 어디?"

"탄부르."

루브르는 말을 뱉어내고 습관처럼 술병을 들이켰다.

월랑은 선뜻 이해하지 못해서 되물었다.

"탄부르라면 영감의 고향? 어째서 그런 곳을?"

"킬킬, 탄부르에 뭐가 유명한지 몰라서 물어?"

"피라미드… 말인가?"

"그렇지. 그 피라미드를 만들기 위해 죽어간 사람이 한둘인 줄 아느냐? 게다가 고대 시절 탄부르의 부족장이 죽으면 노예들을 그대로 피라미드의 방 안에 같이 묻어버렸지. 게다가 그곳은 그야말로 사후 세계를 위해 만든 곳이야."

월랑은 이번에도 고개를 끄덕였다.

확실히 일리가 있는 말이다.

더구나 피라미드에는 피라미드 에너지라는 것이 있다. 실제로 피라미드 모양의 나무를 깎아놓고 그 안에 사과를 넣어두면 좀 더 오래 신선도를 유지할 수 있다.

그것이 바로 피라미드 에너지다.

그런 에너지가 집약된 곳이기도 하면서 사후 세계를 위해 만들어진 곳. 게다가 부족장을 비롯해 숱한 노예들이 죽어간 곳.

탄부르 지방 사람들은 신을 믿지 않는다.

그들은 부족장이 죽으면 신이 된다고 생각했다. 그야말로 인간을 신격화했던 게다.

그러니 그들은 신성력이 발달하지 않았다.

다만 고도의 의술이 발달했다.

'탄부르라면 정말 가능할지도!'

유체 이탈을 하기에 피라미드 안보다 좋은 장소도 없을 터.

이카렌이 말한 이스트본도 일리가 있지만, 확실히 탄부르 지방이 좀 더 여러 조건이 고루 갖춰져 있다.

"탄부르로 가지."

"킬킬, 결국 그리로 결정했군."

루브르가 히죽 웃으며 이카렌에게 보란 듯 눈짓을 보냈다. 이카렌은 코웃음을 치고는 외면해 버렸다.

목적지가 정해진 마수들은 망설임없이 자이메를 떠났다.

그들이 도시를 떠난 지 얼마 지나지 않아 우중충한 도시에 한 남자가 찾아왔다.

그는 중절모를 쓰고 검은 양복을 말쑥하게 차려입은 남자였다. 그리고 검은색 마스크를 쓰고 있었으며 한 손에는 아이 몸통만 한 상자를 들고 있었다.

상자는 제법 컸지만 남자는 별로 무거워하지 않았다.

그는 도시 대로에 우뚝 멈춰 서서 주위를 둘러보았다.

아직까지 몬스터의 습격이 없었던 마을.

하지만 도시 자체가 우중충한 분위기다.

누구도 오래 머물고 싶지 않을 것 같은 곳.

자이메는 오래전부터 우범지대로 유명했기 때문에 당연한 것인지도 모른다.

사내는 그런 도시를 한참 둘러본 후, 천천히 입꼬리를 치켜올렸다.

그는 대로 한복판에 자신이 들고 온 상자를 내려놓았다.

마치 새장처럼 윗부분이 둥그런 돔 모양을 한 상자였다.

그 후, 그는 그대로 어디론가 걸어갔다.

걸음은 느린 듯하면서도 빨랐다. 조금이라도 관찰력있는 사람이 보았다면 그가 서두른다는 것을 단박에 눈치챌 수 있으리라.

그는 자신이 들고 온 상자가 대로 한가운데 놓여 있다는 사실을 전혀 모르는 것처럼 걸어가 버렸다.

남자가 떠나고 시간이 흘렀다.

대로를 오가는 사람들은 괴상하게 생긴 상자를 보고 호기심에 이끌려 모여들기 시작했다.

상자는 가끔씩 저절로 들썩이기도 했다.

"뭐지, 이 상자?"

모여든 사람 중 한 명이 고개를 갸웃거리며 중얼거렸다.

그때 뚱뚱한 여자 한 명이 불쑥 나타나서 외쳤다.

"난 봤어요! 어떤 남자가 이 상자를 여기 놓고 가는 것을!"

"그래서 저게 뭐란 거요?"

"그건 나도 몰라요."

사람들은 한참 동안 웅성거렸다.

"열어볼까?"

덩치가 큰 사내가 상자 가까이 걸어와서 말했다.

그때, 풍성한 치마를 입은 젊은 여인이 다가왔다.

"왠지 이상한 게 들어 있을 것 같아. 열어보지 말아요."

"그래, 그냥 버려 버려! 이딴 것, 뭐가 들어 있을지 알게 뭐야!"

"그래도 궁금하지 않소?"

누군가 다시 반대 의견을 냈다.

그러자 역시 같은 생각을 하고 있던 다른 사람이 동조했다.

"맞아. 버릴 때 버리더라도 뭐가 들어 있는지 보기나 합시다."

"하긴, 그 남자, 말쑥하게 차려입고 꽤 귀인처럼 보였으니까요."

뚱뚱한 여자도 호기심 어린 눈을 반짝이며 말했다.

이제는 상자를 열어보자는 사람과 보지 말자는 사람의 의견이 팽팽하게 맞서며 대립했다.

그러는 동안에도 사람들은 꾸준히 몰려들어 무엇으로 이렇게 소란스러운지 구경하기도 하고 자신의 의견을 던지기도 했다.

느닷없이 나타난 이 괴상한 상자 하나가 도시 사람들을 한곳에 불러 모은 것이다.

하지만 그들 중 누구도 한 가지 사실을 모르고 있었다.

이 상자에서 흘러나오는 희미한 향이 그들의 발길을 묶어둔다는 사실을.

그 향이 무의식 속에 스며들어 본인도 모르는 사이에 이미 향기에 중독되고 있다는 사실을 모르고 있었다.

그들은 이렇게 의견이 대립되는 동안에도 자신의 주장을

펼치며 묘한 흥분에 사로잡혀 있었다.

물론 그 사실은 본인조차도 모르고 있을 만큼 자연스럽고 묘한 것이었다.

그들이 한참 동안 패가 갈려 실랑이를 벌이고 있을 때, 문득 상자가 또 한 번 꿈틀거렸다.

덜거럭!

그 소리는 술렁이던 사람들을 순식간에 제압해 버렸다.

침묵.

사람들은 이제 호기심보다는 묘한 두려움에 휩싸이기 시작했다.

"살아 있는 게 들어 있나 봐요."

"애완동물인가?"

"애완동물을 저렇게 숨 막히게 해놓는 사람이 어디 있을까 봐!"

"혹시 몬스터가 아닐까요?"

이 한마디의 발언은 그 자리에 모인 모든 사람들을 얼어붙게 만들었다.

"크흠, 기분 나쁘군."

"나도 왠지 기분 나빠졌소. 그냥 버리는 게 좋을 것 같소."

이제는 확실히 상자를 버리자는 의견이 더 많아졌다.

하지만 많은 사람이 모이면 으레 반대의 길로 가고자 하는 사람도 생기는 법이다.

근육질의 탄탄한 몸을 가진 한 사내가 나서며 말했다.

"훗, 겁쟁이들. 몬스터라고 해봐야 이렇게 작은데 뭐가 겁이 나는 거요?"

"하지만 그 몬스터가 다른 몬스터를 불러들일지도 모르지!"

"만약 이게 몬스터라면 그러기 전에 내가 죽여주리다!"

근육질의 사내는 당당한 태도로 외쳤다.

그는 이 과장된 용기에 힘입어서 과감히 상자를 들었다.

그리고 이리저리 살펴보았다.

"그런데… 이 상자, 열 수가 없군."

사실 상자 위에는 아주 작은 구멍이 뚫려 있었다.

하지만 그 구멍은 인간의 눈으로 판별하기 힘들 만큼 작은 구멍이었다. 물론 상자를 든 남자 역시 그 구멍을 보지 못했다.

다른 사람들이 좀 더 가까이 다가와서 상자를 살폈다.

"정말이군. 이 상자, 열 수가 없어."

"그럼 뭔가를 이 안에 가둬놨다는 거 아냐?"

"정말 몬스터인가?"

사람들은 다시 공포에 사로잡혔다.

하지만 그들을 흥분시키는 묘한 감정.

호기심이라고 하기에는 뭔가 다른 그 감정 때문에 그들은 자리를 떠나지 못했다.

그들은 마치 자석에 끌린 철 조각처럼 떠날 듯하면서도 자리를 벗어나지 못하고 웅성거릴 뿐이었다.

중독.

분명히 그건 중독 증상이었다.

하지만 아무도 그러한 사실을 몰랐다.

"어떻소? 무겁소?"

다소 뚱뚱한 체격에 덩치가 큰 남자가 다가오며 물었다.

근육질의 사내는 고개를 살래살래 저었다.

"전혀. 오히려 상자 무게가 전부라고 할 정도로."

"그런데 이게 스스로 움직였다고?"

"음, 지금도 가끔씩 움직임이 느껴지고 있소."

"도대체 무슨 말입니까? 무게는 전혀 느껴지지 않는데, 가끔씩 움직임이 느껴진다니."

"하지만 사실이 그렇소이다. 한번 들어보시겠소?"

근육질의 사내가 불쑥 상자를 내밀자, 덩치는 뒤로 물러서며 사양했다.

이제 사람들은 오히려 이 열 수 없는 상자를 열지 못해 안달이 난 듯했다.

"도대체 이 상자는 어떻게 열 수 있단 거지?"

"그러게 말이야. 도대체 뭐가 들어 있는 걸까?"

"몬스터라면 무게가 있을 것 아닌가."

상자를 들고 있던 근육질사내는 손가락으로 상자를 두드

려보았다.

통통.

나무의 두께는 그다지 두꺼워 보이지 않았다. 그리고 그리 단단한 재질로 만들어진 것도 아닌 듯싶었다.

"깨뜨립시다."

"뭐라고요?"

사람들이 일시에 근육질사내를 쳐다보았다.

그는 단호한 표정으로 턱을 살짝 들고 말했다.

"열 수 없다면 깨부수면 그만이지요."

"하지만 그 물건의 주인이……."

"그자는 이걸 여기에 버리고 갔습니다. 우리 도시에 이런 걸 놓고 가는 바람에 우리가 여기 모여 있는 것 아닙니까? 오히려 우리가 피해자지요. 그자가 이걸 이런 곳에 두지 않았다면 우리는 지금쯤 우리 할 일을 하고 있을 텐데 말입니다."

뭔가 비논리적인 발언이었음에도 불구하고 사람들은 당연하다는 듯 수긍했다.

사람들이 미세하게 고개를 끄덕이자 근육질사내는 씩 웃으며 상자를 들어 올렸다.

그리고 다른 사람들이 뭐라고 미처 말을 내뱉기도 전에, 그는 있는 힘껏 상자를 바닥에 내던졌다.

콰자작!

상자는 쉽게 부서졌다.

나무 파편이 사방으로 튀면서 날아갔다. 그리고 그와 동시에,

붕~ 부웅~ 부우웅!

허공을 뿌옇게 메우며 회갈색 나방들이 자욱하게 날아올랐다. 녀석들이 날갯짓을 한 번 할 때마다 엄청난 양의 가루가 허공에 흩뿌려졌다.

"이, 이게 뭐야?"

"나방 아냐?"

사람들은 뒤로 주춤 물러서며 소리쳤다.

기껏 나방 때문에 이렇게 오랫동안 길 복판에서 떠들고 있었단 말인가.

하지만 그런 생각이 든 것은 아주 잠깐이었다.

그들은 갑자기 기분이 좋아졌다.

당장 무엇을 해도 상관없을 정도로 기분이 좋아졌다. 그리고 힘이 넘쳐 났다.

그들은 왜 그런지 생각하려고 하지도 않았다.

몸이 가벼워지고, 뭘 해도 다 해낼 수 있을 것 같은 상쾌한 기분이 들었다.

자신감은 그대로 자만감이 되었고, 그들은 서서히 예의라는 것을 잊어갔다.

말하자면 술을 얼큰하게 먹고 난 후의 기분과 비슷했다. 세상이 유쾌해지고 갑자기 자신감이 솟구치는 것이다.

조용하던 사람도 호전적으로 변했다.

대로에 모인 사람들은 자신들의 얼굴 생김새가 점점 변하고 있다는 것조차도 눈치채지 못했다. 그리고 상대의 얼굴도 변하고 있다는 것을 깨닫지 못했다.

그런 건 아무래도 좋았다.

그들은 그저 당장 무언가를 하고 싶었다.

자극적이고 충동적인 무언가.

넘쳐 나는 힘을 써먹을 수 있는 무언가를 몹시 하고 싶었다.

가루를 흩날리는 나방들은 도시 곳곳으로 퍼져 날아갔다.

*   *   *

"꺄아악!"

폐허에서 비명이 솟구쳐 올랐다.

지붕이 내려앉은 폐가.

하지만 불과 몇 시간 전만 해도 이곳은 멀쩡한 집이었다.

자이메의 변두리에 위치한 집.

그러나 지금의 자이메는 마치 전쟁터를 방불케 했다. 무엇 하나 온전한 것이 없었다.

무너지고 부서지고 깨진 거리다.

"쿠쿠쿠……."

지붕이 내려앉은 좁은 공간에서 괴물체가 웃음소리를 흘려냈다.

녀석은 혀를 척 늘어뜨리고 있었다.

혀가 어린아이 팔 길이 정도다. 혀끝에서는 진득한 침이 맺혔다가 이따금씩 뚜욱 떨어지곤 했다.

그르렁, 그르렁.

숨을 쉴 때마다 갑갑한 호흡 소리가 좁은 공간을 가득 메우며 울린다.

녀석은 바로 앞에서 완전히 공포에 질려 버린 여인을 바라보았다.

그녀는 벽에 등을 기대고 주저앉아 있었다. 양손을 바닥에 짚고 뒤로 물러나기 위해 발버둥 쳤다.

하지만 더 이상 물러날 수 없다는 걸 깨닫자 그대로 온몸이 굳어버렸다.

지나친 공포로 인해 몸이 말을 듣지 않는 게다.

그녀는 눈앞의 괴물을 보면서도 어떠한 저항을 할 생각도 하지 못했다.

그저 어린아이처럼 울먹이는 표정으로 괴물을 올려다보았다.

"쿠쿠쿠."

괴물은 마치 사람처럼 웃었다.

아니, 괴물은 분명히 사람이었다.

그녀는 알고 있었다.

이 괴물은 몇 시간 전까지만 해도 사람이었다는 것을.

그러나 지금은 사람이 아니다.

정신도 몸도 사람이 아니다.

여인은 살려달라는 말도 하지 못했다.

그저 이와 이가 부딪쳐 딱딱거리는 소리만 낼 뿐이었다.

괴물은 천천히 다가가서 여인의 목덜미를 긴 혓바닥으로 핥았다.

그리고 억세고 커다란 손을 펼쳐 여인의 한쪽 가슴을 움켜잡았다.

"악!"

여인은 본능적으로 비명을 내질렀다.

하지만 그녀는 어떠한 저항도 하지 못했다. 여전히 온몸을 사시나무처럼 떨고 있을 뿐이었다.

괴물의 몸에서 풍겨 나오는 악취도, 가슴의 통증도 지독한 공포에 짓눌려 느낄 수가 없었다.

"크크크!"

괴물은 여인의 옷깃을 잡아서 찢기 시작했다.

부욱! 북!

여인의 나신이 적나라하게 드러났을 때,

쒜에엑!

화살 하나가 날아와 괴물의 머리를 옆으로 관통했다.

"크억!"

쒜엑! 쒜에엑!

이어서 날아온 화살들은 괴물의 몸에 사정없이 박혔다. 순식간에 괴물은 고슴도치처럼 가시 몸이 됐다.

녀석은 혀를 길게 빼물고는 죽어버렸다.

여인은 오들오들 떨며 멍청한 시선으로 허공을 응시했다.

잠시 후, 여인 앞에 사내들이 내려섰다.

"이걸로 마지막 녀석이군요."

가장 먼저 도착한 사내가 이제 막 도착한 사내에게 말했다.

"다른 곳은 모두 정리됐나, 요렌?"

"네, 살아남은 녀석은 없습니다."

"어김없이 놈들이 가는 곳마다 바글대는군."

붉은 콧수염이 난 젠드리는 딱딱한 표정으로 중얼거리며 걸어나왔다.

그는 어깨에 걸치고 있는 붉은 망토를 벗어서 여자의 몸에 덮어주었다.

여자는 여전히 와들와들 떨고 있었다.

"왈더, 이 여자를 우선 양지로 옮기도록."

말이 떨어지자마자 사내들 틈에서 왈더가 걸어나왔다.

그가 두 팔을 뻗어 여자를 안아 들려고 할 때였다.

여인은 문득 움찔거리더니 멍하니 허공을 응시한 채 정신 나간 사람처럼 중얼거렸다.

"봤어요, 봤어……."

"가만."

젠드리가 왈더를 제지하고는 눈썹을 찌푸렸다.

젠드리는 여인을 보고 물었다.

"무엇을 보았소, 아가씨?"

"사람들이… 모두… 괴물로… 변했어요."

"뭣이?"

젠드리의 표정이 흠칫 일그러졌다.

그곳에 선 모든 남자의 표정이 떨렸다.

사람들이 괴물로 변하다니. 괴물들은 소환된 것이 아니란 말인가?

"괴물들… 죽였어요. 살아남은 사람들은 괴물로… 무서운… 너무 무서운……."

여자는 굵은 눈물을 주룩 흘렸다.

잠시 후 그녀는 목을 놓아 울기 시작했다.

그곳에 모인 임페리얼 워치 기사들은 모두 어두운 표정으로 울음소리를 들었다.

더 이상 대화는 불가능했다.

젠드리가 그녀를 부르고 타일러도 들리지 않는 듯했다.

결국 젠드리는 왈더에게 눈짓을 했다.

왈더는 목 놓아 우는 그녀를 안아 들고 밖으로 걸어나갔다.

마침 무너진 지붕 안쪽으로 허리를 숙이고 들어오던 이온은 여인을 힐끗 쳐다보고는 곧장 젠드리에게 다가왔다.

"재미있는 게 발견됐어요."

그가 눈웃음을 지으며 말했다.

젠드리의 미간이 더욱 좁혀졌다.

이온이 이렇게 말을 꺼낸다는 것은 결코 희소식이 아니다. 아니, 희소식이라고 할지언정 그 소식은 필시 젠드리를 분노하게 만드는 소식이리라.

"뭔가?"

"오셔서 직접 보는 게……."

이온은 중성적인 목소리를 흘려내며 살며시 웃었다.

젠드리는 죽어 나자빠진 괴물을 한번 보고는 말했다.

"안내해."

이온이 안내한 곳은 도시 변두리에 위치한 공용 창고였다.

창고의 문은 활짝 열려 있었다.

문 앞에 멈춰 선 젠드리는 어금니를 꽉 깨물었다. 그의 눈에 분노가 타올랐다.

"역시나……."

창고 안은 온통 붉은 칠로 어지럽게 낙서되어 있었다.

물론 그건 낙서가 아닐 게다. 부적일 게다.

이 괴이한 주술들로 마수들은 몬스터를 소환해 낸 게다. 그게 아니면 여인의 말처럼 사람들을 몬스터로 만들어 버렸거나.

도대체 이 도시에서 무슨 일이 일어났던 것인가.

마수들은 무엇을 위해서 이런 짓을 하고 다니나!

그때 요렌이 다가와서 물었다.

"그런데 그 여자 말이 정말이면, 우린 도시 사람들을 전부 죽인 셈이군요."

그 말은 임페리얼 워치 전원의 사기를 떨어뜨렸다.

기사들은 저마다 고개를 숙이고 씁쓸한 표정을 지우지 못했다.

하지만 젠드리는 고개를 빳빳하게 들고 단호한 목소리로 말했다.

"과거가 어떻든 현재 악이면 그건 악이다. 우린 마땅히 할 일을 했을 뿐이야. 모두들 고개를 들어라."

젠드리는 무거운 표정으로 걸음을 옮겼다.

Chapter 9

Charm 참마스터
Master

"이런 게… 사막."

사야는 무거운 발걸음을 가까스로 옮기며 중얼거렸다.

모래의 바다.

끝없이 펼쳐진 모래가 그녀의 목을 움켜쥐는 것만 같았다.

처음 사막을 보았을 때, 그녀는 경이로움에 휩싸였다. 끝없이 펼쳐진 모래언덕이 한편 아름답기까지 했다.

그리고 사막에서 보낸 첫날 밤, 그녀는 극심한 일교차에 놀랐다.

낮은 불가마를 머리 위에 얹고 가는 것처럼 뜨겁지만, 밤은 모닥불을 피우고 모포를 덮어도 추웠다.

벌써 사막을 횡단하기 시작한 지 일주일째.

마수들의 몸도 마음도 지칠 무렵이었다.

언제나 은신술을 펼치며 따르던 아바돈 용병단원들도 지금은 전신을 드러내 놓고 있었다.

"젠장, 얼마나 더 가야 하는 거야?"

이카렌이 투덜거리며 물었다. 그의 이마에서 땀방울이 주루룩 흘러내렸다.

"킬킬, 조금만 가면 돼."

"염병할, 그 소리는 일주일 전부터 했잖아!"

"킬킬킬."

루브르는 술을 한 모금 들이켜고는 꾸준히 걸음을 옮겼다.

그는 탄부르 지방 출신이었기에 누구보다도 사막에 익숙했다.

루브르는 눈앞에 버티고 있는 높은 모래언덕을 보고는 말했다.

"우선 저기까지만 가자고. 조금 힘이 날 게야."

마수들은 루브르의 안내를 받으며 꾸준히 걸었다.

언덕을 올라서자 지금까지와는 다른 풍경이 펼쳐졌다.

모래언덕만이 계속되던 단조로움을 벗어나서 이제는 붉은 바위가 곳곳에 불룩불룩 솟아나 있었다. 그리고 모래 역시 일행이 서 있는 곳에서부터 차츰 붉은색으로 펼쳐져 있었다.

"이제 다 온 거야?"

이카렌이 반색을 하며 물었다.

하지만 루브르는 고개를 살래살래 젓고는 같은 말을 되풀이했다.

"조금만 더 가면 돼."

"제길, 또 일주일은 가야 하는 건 아니겠지?"

"킬킬킬. 조금만, 조금만 가면 돼."

루브르는 다시 걸음을 옮겼다.

마수들은 말없이 그의 뒤를 따랐다.

"엿같이 됐군. 퉤!"

바위 언덕 위에 올라선 루브르는 멀찌감치 동남쪽을 바라보다가 침을 탁 뱉었다.

위험하다.

위험을 감지한 것은 몇 분 전이었다.

바람 냄새가 심상치 않았다.

물론 그 사실을 느낀 사람은 루브르뿐이었다. 탄부르 지방의 토박이만 느낄 수 있는 초인적인 감각이다. 그리고 노하우다.

루브르는 얼른 아래쪽을 내려다보고 소리쳤다.

"사야! 어서!"

사야는 이유를 묻지 않고 곧장 몸을 날렸다.

그녀는 날렵한 다람쥐처럼 바위에 튀어나온 돌부리를 밟

아가며 순식간에 꼭대기로 올라섰다.

"무슨 일?"

"저길 봐. 내가 잘못 본 게 맞았으면 좋겠군."

사야는 루브르가 손가락으로 가리킨 방향으로 시선을 돌렸다.

그녀는 단박에 자신들을 향해 다가오는 게 무엇인지 알 수 있었다.

"제대로 본 것 같은데?"

"야단났군."

루브르는 다시 한 번 침을 탁 뱉고는 마수들에게 달려갔다.

"모래폭풍이다."

"그건 또 뭐야?"

이카렌이 대수롭지 않다는 듯 되물었다.

하지만 루브르의 표정은 전에 없이 굳어 있었다.

"꽤 큰 놈이야. 당장 숨을 곳을 찾아야 해."

"여기서?!"

이카렌이 바위와 모래밖에 없는 사방을 둘러보며 소리쳤다.

루브르는 다급하게 말을 이었다.

"모래폭풍에 휩쓸리면 여기서 몇 놈 사라져도 찾기 힘들게야. 여기서 길 잃으면 끝이야."

"내가 어떻게든 해보지."

학우가 나섰다.

마수들이 그에게 시선을 돌렸다.

학우는 월랑을 향해 말했다.

"부적을 좀 써줘."

"어떤?"

"오감을 좀 예민하게."

월랑은 이맛살을 구겼다.

이미 그의 생각을 읽은 학우가 말을 덧붙였다.

"알아, 위험하다는 것. 하지만 그 방법밖에 없어."

"지금 그 부적을 쓰면 피부가 타들어가는 고통을 느낄지도 몰라. 게다가 수를 쓰기 전에 모래폭풍이 닥치면 넌 살이 찢어져 나가는 고통을 느끼게 될 거야. 죽을 수도 있다."

"쿠쿠, 우리가 언제 가능성 계산하면서 덤볐나? 지금은 이 수밖에 없잖나."

월랑은 물끄러미 학우를 바라보았다.

확실히 학우는 성격이 많이 변했다. 예전의 그라면 지금쯤 발을 동동 구르며 주위 동료들에게 매달렸을 게다.

그러나 지금은 가장 먼저 나서서 대안을 제시하고 있다.

아마 학우는 오감을 끌어올린 후, 사막에 사는 모든 생물들을 동원해서 마수들이 피할 공간을 마련하려는 것일 게다.

터무니없는 생각은 아니다.

분명 가능성이 있다.

하지만 오감을 끌어올린 순간 이 불볕더위는 학우에게 살인적인 더위가 될 것이다. 햇살이 칼날처럼 학우의 피부를 쑤셔댈 것이다. 슬쩍 부는 바람에 모래가 날려 와서 몸에 부딪치면 바늘로 찌르는 듯 아플 것이다.

그런데 모래폭풍이 닥치면?

전신을 칼로 난도질당하는 고통을 느끼게 되리라.

그러나 학우의 눈빛은 이미 결심으로 다져져 있었다.

죽을 수도 있다는 말을 또 할 필요는 없을 듯하다.

월랑은 곧장 소화를 불렀다.

"소화, 긴 막대."

아바돈 용병단이 순식간에 뿔뿔이 흩어졌다.

월랑은 학우를 보며 설명을 이어갔다.

"부적은 결계 안에서 전하는 것이 좋을 것 같군. 그리고 부적이 만들어지면 그늘에서 소통술을 펼치도록 해."

"쿠쿠, 명심하지. 대신 어설프게 만들면 안 돼. 가장 강한 걸로 만들어주게."

월랑은 고개를 끄덕였다.

소화가 긴 막대를 가져왔다.

마수들이 흩어져서 월랑에게 공간을 내주었다.

월랑은 막대를 들고 단숨에 모래 바닥에 부적을 새겨 나가기 시작했다. 부적의 효력을 증대시키기 위한 결계부다.

결계가 완성되자 학우는 그 안으로 들어갔다.

월랑은 다시 괴황지에 부적을 새겼다.

모든 행동은 신속하게 이루어졌다.

모래폭풍이 언제 닥칠지 모르는 만큼 여러 가지 꼼꼼한 과정을 챙길 수는 없다.

정수도 떠놓지 않았고, 분향도 피우지 않았다. 절도 하지 않았다.

물론 이러한 행위는 미리 메모리얼할 수도 있다.

하지만 사막 복판에서 부적을 쓸 상황이 생길 줄 누가 알았으랴.

그저 결계만 그려놓고 부적만 빠르게 적어나갔을 뿐이다.

월랑은 부적을 완성한 후 학우의 등에 붙였다.

학우는 곧바로 그늘로 자리를 옮겼다.

그리고 눈을 지그시 감고는 소통술을 펼치기 시작했다.

마수들은 초조한 표정으로 학우를 지켜보았다. 그리고 주위에서 일어날 변화에 귀를 기울였다.

사각, 사각사각.

뭔가 움직이고 있다.

하지만 그게 무엇인지, 어디에서 움직이는 것인지 감지하기가 힘들다. 그리고 잠시 후,

촤라라라락!

모래바닥을 뚫고 올라온 온갖 종류의 생물들이 무섭게 몰려가서 바위를 파기 시작했다.

전갈을 비롯한 갖가지 곤충과 도마뱀을 비롯한 갖가지 동물들이 바위를 파고들었다. 어디서 나타났는지 사막 여우도 그 무리에 섞여 있었다.

"이렇게 많은 것들이 전부 어디서……."

이카렌은 멍한 표정으로 중얼거렸다.

곤충과 동물들은 순식간에 바위틈에 구덩이를 만들어갔다.

휘이이잉! 휘이잉!

모래폭풍은 마치 귀신의 울음소리처럼 스산했다.

바위벽은 튼튼했다.

입구도 바위 조각으로 든든히 막아놓았다.

그럼에도 불구하고 밖에서 들려오는 소리만으로도 불안했다.

모래폭풍은 한참 동안 이어졌다.

이 모래폭풍은 어디에서 와서 어디로 가는 걸까?

아주 작게 출발해서 큰 폭풍이 된 걸까?

그렇다면 그 마지막은 어떤 모습일까?

무의식중에 마수들은 같은 생각을 했다.

마수들 역시 아주 작게 출발했다.

절망 속에서 작은 만남이 이루어졌고, 그 절망을 파헤쳐 나가고자 작은 움직임을 시작했을 뿐이다.

그저 홀몸으로 자유를 찾고 싶었다.

그게 안 되면 모험이라도 좋았다.

한데 지금은 너무나 엄청난 일이 되어버렸다.

마치 사막을 휩쓰는 모래폭풍처럼.

거대한 음모와 죽음을 부르는 사건들이 제국을 휩쓸고, 대륙을 휩쓴다.

하지만 지금 마수들처럼 바위 아래에 꽁꽁 숨어 기회를 노리는 자들이 있을 터.

언젠간 모래 폭풍은 그칠 게다.

영원한 것은 없는 법.

어떤 식으로든 결론이 날 거라면 최대한 원하는 대로 가보는 게다.

사막을 횡단하면서 만난 하나의 장애가 마수들의 마음을 결의로 똘똘 뭉치게 만들고 있었다.

시로이 로드는 탄부르 지방의 사람들이 타 지역과 교류하기 위해서 개발한 사막의 길이다.

하지만 그 길이라는 것이 무척이나 애매한 것이어서 보통 사람들은 길을 걷던 중 자연스레 길을 잃고 헤맬 수밖에 없었다.

다행히 마수들에게는 루브르가 있었다.

그들은 마치 하나의 몸처럼 움직였다.

사야는 모두의 눈이 되어주었고, 월랑과 루브르는 머리가 되었다. 이카렌과 학우는 손과 발이 되어주었고, 아바돈 용병단은 그림자가 되었다.

때때로 그들의 역할은 서로 바뀌기도 하고, 긴밀하게 유기적으로 움직이기도 했다.

시로이 로드가 끝나는 지점에 이르면 모래의 색은 더욱 붉어진다.

그리고 완만하게 솟은 언덕 위로 피라미드의 꼭대기가 마치 여성의 유두처럼 드러난다.

저무는 태양에 비쳐진 그 모습은 외설적이라기보다 황홀에 가까운 아름다움을 내비친다.

탄부르 지방의 사람들은 시로이 로드가 끝나는 이 지점을 '어미의 품'이라고 불렀다.

어미의 품에 도착한 마수들은 비로소 긴장을 풀 수 있었다.

사막을 건너오는 동안 갖가지 난관이 있었다.

땅의 지형마저 변형시킬 만큼 강한 모래폭풍을 만났고, 아직 잘 알려지지도 않은 동물과 싸우기도 했다. 그것들은 동물이라기보다 몬스터에 가까운 종류였다.

그리고 이틀 전부터는 빈번히 신기루에 홀려 정신을 놓을 뻔했다.

그때마다 월랑은 부적을 써주었고, 영력을 이용해 마수들의 정신을 흔들기도 했다.

"이제 정말 다 왔군."

루브르는 술병을 들어 마지막 남은 술 한 방울을 목구멍에 털어 넣었다. 그리고 술병을 어깨너머로 집어 던졌다.

이로써 그가 가진 술도 완전히 바닥이 났다.

그는 사막을 걷는 동안 정확히 계산된 양만큼 며칠에 걸쳐 술을 나누어 마셨다.

이카렌이 루브르를 보고 이를 갈았다.

"조금만 조금만 하더니 이게 조금만이냐?"

"킬킬, 솔직히 말했다면 네놈은 벌써 지쳤을 게 아니냐. 선의의 거짓말이라는 게다. 킬킬킬."

"지랄하네. 쳇!"

이카렌은 욕지기를 뱉어내면서도 더 이상 화를 내지 않았다.

어쨌든 지금은 도착한 게 기뻤다.

끝을 알 수 없는 사막은 지금까지의 고난과 전혀 다른 종류의 어려움을 안겨주었다.

고립.

비록 음모가 들끓는 세상일지라도 그 세상으로부터 고립된다는 것은 무서운 경험이었다.

사막은 그야말로 죽음의 땅이었다.

때문에 이카렌은 뼈마디밖에 보이지 않는 루브르가 어째서 그리 강인한 정신력을 가질 수 있는지도 새삼 깨닫게 됐다.

이런 죽음의 땅에서 나고 자란 사람이라면 정신력 또한 강인해질 수밖에 없으리라.

한편 루브르는 다른 마수들과 조금은 다른 감정으로 마지막 언덕을 올랐다.

'이 언덕만 올라서면……'

고향이 펼쳐질 게다.

거대한 피라미드가 우뚝 솟아 있을 게고, 그 피라미드 앞을 지키는 가고일 조각상이 무시무시한 얼굴로 버티고 있을 거다.

그리고 그 옆으로 오밀조밀하게 마을이 늘어서 있을 테다.

사막과 달리 군데군데 나무들도 보일 거다.

마을을 지나 두 시간쯤 걸어가면 커다란 강도 있다.

몇 년 만에 돌아와 보는 고향인가.

루브르는 두근거리는 가슴을 억누르며 언덕 위에 올라섰다.

고향.

오랫동안 잊고 지냈던 고향이 눈앞에 펼쳐졌다.

'변한 게 없구나. 클클클.'

루브르는 나직이 웃음을 흘리며 심호흡을 했다.

고향의 공기가 한껏 그의 콧속으로 빨려들었다.

"휘유~ 대단하군."

옆에 올라선 이카렌도 감탄을 터뜨렸다.

마수들도 언덕 위에 올라섰다.

말로만 듣던 탄부르 지역.

무엇보다도 거대한 피라미드에 그들은 압도당했다. 피라미드를 본 순간, 영계와 가장 가까이 접할 수 있는 곳으로 이곳처럼 멋진 곳도 없으리라고 확신했다.

피라미드는 하늘을 찌를 듯 높게 치솟아 있었다.

"정말 이런 걸 인간이 만들 수 있다는 거야?"

비록 멀리서 보는 것이긴 하지만, 피라미드를 이루고 있는 거대한 돌덩이는 웬만한 인간 수십 명이 달려들어도 들기 힘들 것 같았다.

"킬킬, 이게 우리 힘이지."

루브르는 자랑스러운 듯 말하고는 걸음을 내디뎠다.

고향을 눈앞에 둔 첫걸음이었다.

그런데 그 순간, 루브르는 알 수 없는 불길함에 휩싸였다.

무언가 그의 신경을 계속 건드리고 있었다.

그 근심은 피라미드에 가까이 다가갈수록 점점 더해졌다. 아니, 정확히 말하자면 마을이 가까워질수록 근심이 더해지고 있었다.

'뭔가 이상한데……'

너무 오랜만이어서 뭐가 잘못된 건지 알아채기가 힘들었다.

하지만 분명히 뭔가 이상하다.

마을이 가까워질수록 이상한 공기가 분명하게 느껴진다.

단순한 직감일 뿐이지만, 확실하다고 생각될 정도로 강한 감각이다.

그의 불길함은 전염병처럼 다른 마수들에게도 번져 갔다.

제일 먼저 느낀 사람은 월랑, 그다음으로 학우다.

"학우."

"알았어."

월랑의 부름에 학우가 곧바로 소통술을 펼쳤다.

그의 소매에서 갖가지 곤충이 쏟아져 나왔다. 후드에서도 온갖 날벌레가 날아올랐다.

곤충들은 어우러져 곧장 마을을 향해 날아갔다.

그리고 마수들이 조금 더 마을에 가까워졌을 때 무엇이 이상한 점인지 분명히 알 수 있었다.

"사람이 한 명도 보이지 않아."

사야가 이맛살을 구기며 말했다.

점점 가까워지면서 다른 마수들 역시 사람의 흔적을 찾을 수 없다는 것을 깨달았다.

해가 저물어가는 이 시점이라면 아직은 아이들이 뛰어놀고 있어야 할 시간이다.

일이 벌어진 게 틀림없었다.

월랑과 이카렌, 그리고 학우는 피라미드 입구에 섰다.

잠시 후, 루브르와 사야, 그리고 아바돈 용병단이 돌아왔다.

"상황은?"

"학우 말대로야."

사야가 미간을 곱게 찡그리며 대꾸했다.

마을 사람은 사라진 게 아니었다.

모두 집안에 틀어박혀 있었던 게다. 그들은 모두 이상할 정도로 외부인을 경계했다.

간간이 창문이 열리는가 싶어서 돌아보면 곧 닫히고 말았다.

일반 집은 물론이고 상점, 여관도 문을 꽁꽁 닫아놓고 있었다.

학우가 미리 확인했던 사실 그대로였다.

"니미럴, 여관까지 문을 닫아놓고 있으면 뭘 해서 장사를 해먹는 거지?

루브르가 이맛살에 주름을 깊이 새기며 투덜거렸다.

그러면서도 그는 자기 허리춤에 주렁주렁 달린 술병이 얼마나 되는지 헤아리고 있었다.

그들이 마을을 살펴본 두 번째 이유가 바로 그의 술 때문이었다.

하지만 모두 문을 꽁꽁 걸어 잠그고 있으니, 루브르는 홧김에 술집 뒷마당에 놓인 술통을 그대로 따서 술병에 담았다.

그런데도 술집 주인은 나타나지 않았다.

분명히 어디선가 보고 있을 텐데 그림자도 내비치지 않았다.

한 가지는 분명했다.

마을 전체가 적의로 가득하다.

"지난번 아일론 시와 비슷한 경우예요."

소화가 조심스럽게 말했다.

아일론 시.

밤이 되자 시민들이 모두 뱀파이어로 변했던 곳. 물론 전설처럼 완전한 뱀파이어는 아니었다. 그들에게 물린다고 해서 뱀파이어가 되거나 하진 않는다.

다만 그들은 미친 듯이 피를 원했다.

"어쩌면 이곳도……"

사야가 말을 꺼내다 말고 루브르의 눈치를 살폈다.

그래도 그가 나고 자란 고향이다.

고향 사람들이 마약에 중독되어 전멸의 위기에 놓여 있다는 것은 그에게 남다르게 다가올 상황일 것이다.

만약 정말 이들이 뱀파이어로 변하거나 적의를 공공연히 드러낸다면 마수들은 싸워야 한다.

더구나 지금부터 월랑은 피라미드의 중심에서 유체 이탈을 시도해야 한다.

그동안 어떠한 외부의 방해도 허용해서는 안 된다.

자칫하면 루브르는 자신의 손으로 고향 사람들을 죽음으로 몰아넣어야 할지도 모른다.

"하지만 정말 놀라운 일이군요. 탄부르 지역까지 마약을 뿌렸을 줄이야……."

"아직 확실한 것은 없어."

"그래도 조심해야겠죠. 만일의 사태를 대비해서."

루브르와 소화의 대화 중간에 월랑이 끼어들었다.

"만약 일이 벌어진다면 시간이 얼마 남지 않았어."

물론 아일론 시의 마약 중독자들과 같은 마약을 복용했을 경우다.

그렇다면 사람들은 해가 저물고 나서 얼마 지나지 않아 활동을 시작할 것이다. 음의 기운이 강해질수록 녀석들은 조금씩 본능을 드러낼 게다.

"서둘러야겠군."

"니미럴, 여기까지 와서……."

루브르는 씹어뱉듯이 말하고는 걸음을 뗐다.

그는 월랑을 안내하기 위해서 피라미드 깊숙한 곳으로 걸어갔다.

피라미드 내부는 복잡한 미로와 같았다.

그리고 팔뚝에 소름이 돋을 정도로 낮은 기온을 유지하고 있었다.

죽음의 기운이 느껴진다.

이곳은 죽은 자를 위한 영계의 공간이다.

물론 완벽한 영계의 공간은 아니다. 다만 산 자들이 영계의 공간을 의식하고 만들어낸 곳이다.

초인적인 기술과 노동을 이용해서 이 거대한 피라미드를 세운 게다.

인간의 한계를 뛰어넘는 정성과 공이 들었을 때는 분명 그 이상의 결과가 따르게 되어 있다.

월랑의 예민한 영감은 이곳에 들어서는 순간부터 그 무엇을 느끼고 있었다.

현계에서 아련하게 멀어지는 감각.

아주 미세하지만 분명한 감각이 그의 손끝, 발끝에서부터 느껴졌다.

"루브르, 이곳에 매장된 사체가 몇 구나 될까?"

"킬킬킬, 왜 영계에 가서 어울릴 생각을 하니까 궁금하냐?"

"그 반대. 현계에서 어울려야 할 것 같아서 말이야."

"으잉? 무슨 말이야?"

"이곳 마을 사람들이 모두 몇 명이지?"

"크흠. 삼백쯤 되려나?"

"그 사람들이 전부 변이해서 공격해 온다면 쉽지 않을 거야."

"킬킬, 걱정 말고 집중해. 우리도 허수아비는 아니니까."

"아일론 시와 여기에 사용된 마약이 똑같다는 보장은 없어. 시간이 흐른 만큼 이곳 사람들에게는 좀 더 강한 마약이 사용되었을 가능성도 적지 않아."

"우리가 뚫릴 수도 있다는 게야?"

"아니, 내가 깨어날 때까지는 버텨주겠지. 그 믿음에는 변함이 없다."

월랑은 솔직하게 말했다.

마수들은 죽는 한이 있어도 월랑이 영계에서 현계로 돌아올 때까지는 버텨낼 게다. 시체가 되어서라도 방패막이가 되리라.

다만…….

"만약 내가 깨어난 후에도 싸움이 끝나지 않았다면 도움이 되어야 하지 않겠어? 시험도 해볼 겸."

"크흠. 당최 무슨 소린지 모르겠군. 그거랑 여기 시체랑 무슨 상관이야?"

월랑은 우뚝 멈춰 섰다.

앞서 걷던 루브르도 걸음을 멈추고 돌아보았다.

"루브르, 싸우기 싫지?"

"뭐……."

루브르는 눈길을 돌렸다.

고향 사람들이다.

제 손으로 죽음으로 몰아넣기 싫은 건 당연한 게 아닌가.

더구나 루브르는 마수들 중 유일하게 살인을 하지 않는 자다.

생명의 소중함을 누구보다도 아는 자다. 그런 자가 고향 사람들을 사지로 몰아넣기란 여간 곤욕스러운 일이 아닐 게다.

월랑은 싱긋 웃고 말을 이었다.

"싸움은 마수들에게 맡겨. 그리고 한 가지 해주었으면 좋겠군. 비단 이번 싸움뿐만 아니라 앞으로 계속될 싸움을 위해서."

루브르는 눈을 찌푸리며 월랑을 보았다.

월랑은 품에서 책자를 꺼내 그에게 던졌다.

"강시를 만들어주었으면 좋겠군."

"강시?"

"예전에 내가 그 책에 적힌 강시 제조법을 보여준 적이 있지?"

"뭐, 그런 기억은 있지만… 그 방법까지 모두 기억하지는 못하지."

"지금부터라도 그걸 읽고 강시를 만들어주었으면 좋겠군."

"몇 구나……."

"최대한. 여기 있는 모든 사체를 이용해서라도."

"사체라고 해도 여긴 몇 천 년 묵은 미라야."

"어쨌든."

"쳇! 말은 쉽군."

루브르가 투덜거리며 중얼거렸다.

그는 몸을 돌리고 다시 걸음을 옮겼다.

"깨어나서 보고 놀라 기절하지나 마라."

윌랑은 씩 미소를 짓고는 그의 뒤를 따랐다.

피라미드의 중심부에 들어선 마수들은 먼저 갖가지 귀금속을 모두 방 밖으로 옮겼다.

그곳은 피라미드의 주인, 즉 고대 부족장이 잠든 곳이었다. 때문에 그 어느 방보다도 내부가 화려했다.

그리고 보면 피라미드의 입구를 아무도 지키고 있지 않았다는 것도 이상한 일이다.

물론 탄부르 지방 사람이라면 피라미드 내부의 물건을 훔칠 생각을 감히 하지 못할 게다.

만약 도굴이 발각되기라도 하는 날에는 참형에 처해지기 때문이다. 그런 법이 없다고 하더라도 그들은 죽은 왕을 진심으로 두려워한다.

때문에 탄부르 부족민이 귀금속을 도굴하는 경우는 거의 없다.

다만 외부인들의 도굴을 방지하기 위해 늘 부족민 중 무예가 강한 자들이 피라미드 입구에 보초를 선다.

하지만 오늘은 아무도 보이지 않았다.

만약 부족민들이 지금 마수들의 모습을 보면 기절초풍할 노릇일 터.

루브르는 씁쓸한 입맛을 다시며 마지막 물건을 옮기고는 월랑에게 시선을 돌렸다.

"어떠냐?"

"분명히 이곳이라는 생각뿐."

"킬킬킬. 감이 팍팍 오냐?"

월랑은 고개를 끄덕였다.

영력이 약한 자는 이런 곳에서 깜빡 잠만 들어도 유체 이탈을 하기 십상일 게다. 그 정도로 영계의 유혹이 강한 곳이다.

월랑은 방의 중심으로 들어갔다.

그는 가부좌를 틀고 앉아서 말했다.

"만약 내가 하루 동안 깨어나지 않는다면 각자의 길을 가도록 해."

"니미럴, 벌써부터 재수없는 소리 하면 더 낫냐?"

"만일을 위해서야."

"시끄러. 그보다……"

루브르는 마수들 사이에서 뚜벅뚜벅 걸어나와 월랑의 눈을 똑바로 응시했다.

"이건 전설이야. 하지만 참고해서 나쁠 건 없겠지. 탄부르 부족민들은 절대로 허풍을 치진 않으니까."

"무슨 전설?"

"영계로 들어가면 절대로 먹지도, 자지도 말아야 한다. 산 자가 영계의 음식을 먹는다는 것은 죽음을 인정한다는 것과 똑같아. 그리고 잠을 잔다는 것 또한 마찬가지."

"과연 참고가 될 만한 이야기군."

"산 자가 죽은 자의 세계로 들어갔으니 그 배고픔은 이루 말할 수 없을 게야. 정신 똑바로 차려. 그리고 절대로 산 자라는 것을 죽은 자들에게 들켜서는 안 된다는 것."

"또 참고할 만한 건 없소?"

"킬킬, 왜 없겠어. 아직 많아."

"후후, 진작 이곳으로 올 걸 그랬군."

"그러게 말이야. 나도 여기에 오고 나니 영계에 대한 여러 가지 이야기가 마구 떠오르는군. 하지만 어디까지나 전설. 사실은 어떨지 확신할 수 없어."

"들어서 나쁠 건 없겠지."

"영계는 중력이 없다고 전해지고 있다. 그러니까 날아다닐 수도 있고 걸어다닐 수도 있어. 그곳은 오로지 영력이 모든 존재의 원천이야. 그러니 마음만 먹는다면 수천 킬로미터 떨어진 곳도 단숨에 갈 수 있을 거라는 말이겠지."

"과연. 그건 좋은 일이군."

"킬킬킬, 가보기 전엔 모르지. 그게 과연 좋기만 한지는."

"하긴."

"내가 아는 건 그 정도야. 자, 그럼 네놈 이야기 좀 들어보자. 돌아올 때는 뭘 얻어올 테냐?"

루브르는 기대에 찬 표정으로 물었다.

사실 그의 표정은 조금 과장된 면도 없지 않았다.

월랑도 그걸 알고 있었다. 루브르는 일부러 돌아올 때의 이야기를 꺼내서 돌아오지 못할 수도 있다는 가능성을 애써 무시하고 있는 게다. 그리고 월랑 스스로에게도 그렇게 생각하도록 강요하고 있는 게다.

물론 그런 의도를 꿰뚫고 있는 월랑이었지만, 루브르의 따뜻한 마음은 그대로 전해졌고, 어느 정도 효력이 있었다.

월랑은 진지하게 대답했다.

"먼저, 시체를 부릴 수 있는 권리."

"그리고?"

"시체가 없는 영들, 즉 사체가 이미 썩어버려서 그 형상이 존재하지 않는 영들도 현계에 소환할 수 있는 권리. 그걸 가지고 돌아올 거야."

"호오, 듣는 것만으로도 멋지군. 킬킬."

루브르는 한참 웃다가 문득 정색을 했다.

"월랑, 네놈은 예전부터 불가능을 가능케 했던 놈이야. 기다리마."

"다녀오지."

월랑은 싱긋 미소를 짓고는 다른 마수들을 찬찬히 둘러보았다.

　모두들 굳은 표정으로, 그러나 미소를 잃지 않고 월랑을 마주 보았다.

　굳이 말을 하지 않아도, 누군가 알려주지 않아도 그들 모두 감지하고 있었다.

　이곳이라면 영의 세계로 갈 수 있다는 것을.

　월랑에게 주어진 시간은 현계를 기준으로 하루다.

　그동안 마수들은 월랑을 엄호하고, 월랑은 영계로 가서 거사를 해내야 한다.

　마수들은 방에서 물러갔다.

　적어도 월랑이 부적을 만들고 유체 이탈을 할 때까지 이 방엔 들어올 수 없다.

　다만 유체 이탈을 한 후에는 월랑 바로 곁에서 지켜봐도 무관하다.

　사람들이 물러간 후 월랑은 잠시 눈을 감고 심호흡을 했다. 그는 책자에서 떼어낸 펜타그램 고리를 손에 쥐었다. 그리고 다른 한 손에는 철침을 쥐었다.

　방법은 지난번과 같다.

　월랑은 정수에 숨을 불어넣고, 분향을 피우고, 부적을 그렸다.

　그 모든 것이 순차적으로 빠르게 이루어졌다.

　그리고 방 한가운데에 앉았다.

그는 천천히 부주를 읊기 시작했다.

"에스아데 디스아르빠 데모토라……."

그를 중심으로 아지랑이가 일렁이며 나타났다.

시공이 일그러지고 있었다.

월랑은 부주를 읊으면서 자연스럽게 몸을 눕혔다. 그는 일
자로 꼿꼿하게 드러누웠다.

하지만 정작 월랑 자신은 눕고 있다는 사실을 전혀 깨달을
수 없었다.

"슬슬 움직이는군."

벽에 기댄 채 서 있던 학우가 눈을 떴다.

마을 사람들이 움직이기 시작했다.

움직임은 아주 은밀하고 조심스럽게 시작됐다.

때문에 그 움직임을 감지한 마수들은 더욱 상대의 적의를
분명히 느끼고 말았다.

피라미드로 들어올 수 있는 출입문은 한 군데뿐이다.

이 문만 사수한다면 버틸 수 있다.

다행히 문은 크지 않았다. 사람 두어 명이 지나갈 정도의
너비다.

이 정도면 사수해 낼 수 있을 게다.

"사야, 들어가 봐."

이카렌이 창을 움켜쥐고 말을 툭 내뱉었다.

사야는 고개를 돌려 이카렌을 보았다.

"무슨 소리야?"

"신경 쓰이잖아. 가봐."

"싸울 거야."

사야는 들을 필요도 없다는 듯 대꾸했다.

하지만 옆에 있던 소화가 그녀의 어깨를 살며시 짚으며 부드러운 목소리로 일렀다.

"월랑에게 옆에 있어줄 사람이 필요할지도 몰라요."

"하지만 여긴……."

"킬킬, 여기는 둘이면 충분해. 지금도 사람이 너무 많아. 게다가 활 따윈 필요도 없어."

루브르도 사야의 등을 떠밀었다.

결국 사야는 마수들을 잠시 바라보다가 걸음을 돌렸다.

물론 이 복도는 두 사람 이상이 나란히 서 있기도 힘들다. 하지만 마수들의 체력이 무한대가 아닌 이상, 서로 교대하면서 적을 막아야 한다.

적이 얼마나 강한지, 얼마나 많은지 정확하게 판단되지도 않은 상태가 아닌가. 어딘가에서 또 추가되는 변이 몬스터가 있을지도 모를 일이다.

아니, 그럴 가능성이 농후하다.

사막을 건너는 동안 만났던 수많은 몬스터 중에는 분명히 마약을 복용해서 변이된 것도 있었을 게다. 그렇다면 적은 변이된 인간만이라고 단정할 수 없다.

게다가 루브르는 앞으로 강시를 제조해야 하지 않나. 그것도 하루 만에 수십, 수백 구를 제조해야 할 게다.

어쩌면 저 인원으로 무리일 수도 있다.

그런데도 마수들은 사야의 마음을 읽고 월랑 곁으로 보내준 게다.

사야는 주먹을 꽉 말아 쥐고 복도를 따라 달렸다.

지금쯤이면 월랑 쪽에서도 결과가 나왔을 터.

그녀가 막 모퉁이를 돌아설 때, 입구 쪽에서 우렁찬 기합 소리와 병기가 어우러지는 소리가 들려왔다.

*   *   *

월랑은 천천히 몸을 일으켰다.

'실패인가.'

그는 지끈거리는 이마를 잠시 짚고 있다가 주위를 둘러보았다.

변한 것은 없다.

방은 자신이 주술을 읊기 전의 상태와 똑같다.

절망감이 밀려왔다.

여기까지 와서도 안 된다면 이젠 정말 어떻게 해야 하나.

월랑은 씁쓸한 표정으로 몸을 일으켰다.

때마침 사야가 방 안으로 들어왔다.

"사야."

월랑은 씁쓸하게 웃으며 그녀를 불렀다.

하지만 사야는 아무런 소리도 듣지 못한 듯 그대로 자신에게 걸어왔다.

그리고 잠시 후 월랑은 태어나서 지금까지 한 번도 겪지 못한 이상 현상에 직면했다.

사야는 마치 월랑과 곧장 부딪칠 듯 주저없이 걸어왔다. 너무 당연한 듯 걸어오기에 월랑도 미처 피하지 못했다.

그런데 사야는 월랑이 바로 앞에 있음에도 불구하고 전혀 자신을 의식하지 못한 것처럼 돌진해 왔다.

"사야?"

그가 다시 한 번 부르면서 손을 내뻗었다.

그러나 그 순간, 사야는 월랑의 몸속으로 그대로 들어왔다. 월랑 역시 허공을 휘젓듯 팔을 휘저을 뿐이었다.

그의 팔은 그대로 사야의 몸속으로 파묻혔고, 사야는 아무렇지도 않게 월랑을 그대로 뚫고 나왔다.

'이, 이건!'

월랑은 자신의 두 손을 내려다보다가 몸을 휙 돌렸다.

사야는 무릎을 꿇고 기도하듯 자신을 내려다보고 있었다.

'유체 이탈!'

분명히 사야가 내려다보고 있는 것은 자신의 신체였다.

유체 이탈에 성공한 게다.

그 사실을 인지하기가 무섭게 시공은 빠른 속도로 일그러져 갔다.

사야의 몸이 점점 투명해지면서 바람에 날리는 모래처럼 그녀가 잘게 부서져 희미해져 갔다.

또한 월랑은 점점 중력을 잃고 허공에 붕 떠오르기 시작했다.

이윽고 아지랑이가 극심히 일렁이면서 그는 완전한 영계에 들어서고 말았다.

"영계인가."

월랑은 허공에 어정쩡하게 떠 있는 상태에서 주변을 훑어보았다.

피라미드 안이다.

변한 것은 거의 없다.

다만 사야가 사라졌고, 자신의 몸도 보이지 않는다.

그리고 어딘지 모르게 건조하고 삭막해진 분위기가 느껴졌다.

'영계도 현계와 모습은 비슷하구나.'

월랑은 그렇게 느끼면서 빠른 움직임으로 피라미드 입구를 향해 나아갔다. 처음에는 중력이 존재하지 않는다는 사실이 상당히 어색하고 불편했다.

몸을 가누는 것 자체가 힘들었다.

하지만 월랑은 복도를 이동하면서 모든 것이 영력에 달려 있다는 것을 깨달았다.

정신만 바로 차린다면 땅에 발을 디디는 것도, 원하는 곳으로 걸음을 옮기는 것도 가능하다. 물론 하늘을 나는 것도 가능하고, 순간이동처럼 빠르게 움직이는 것도 가능하다.

영력으로 영계의 신체를 가눈 월랑은 재빨리 피라미드 입구로 달렸다.

그야말로 눈 깜짝할 사이도 못 돼서 피라미드 입구에 도착했다.

예상대로 아무도 없었다.

지금쯤 현계의 이곳은 아수라장이 되어 있을 터.

월랑은 입구에서 나와 끝없이 펼쳐진 모래사막을 보았다.

이제 영왕을 찾아가야 한다.

'그런데 어떻게 찾는다?'

우선은 사막을 벗어나고 볼 일이다.

영계가 현계와 같은 모습을 하고 있다는 것은 한편으로는 다행이다.

적어도 길을 잃을 일은 없을 테니까.

월랑은 생각과 동시에 사막을 가로질렀다.

Chapter 10

Charm 참마스터
Master

　월랑은 찰나의 순간에 사막을 건너 버렸다.

　사막을 건너야겠다고 마음먹는 것과 동시에 도착했다고
볼 수도 있었다.

　확실히 영계는 현계와 닮았다.

　하지만 생명력이라고는 거의 느낄 수 없었다. 모든 것이 비
쩍 마르고 황폐화되어 있다. 모래먼지가 흩날리고 바람이 조
금만 세차게 불어도 집들이 모두 쓰러지고 날아가 버릴 것만
같이 위태롭다.

　이곳은 완전한 사후 세계가 아니다.

　영계다.

영이 있는 세계. 현실과 사후 세계의 중간 정도의 세계라고 보면 될 게다.

나무들은 모두 생명력이 없어 보인다. 분명히 땅에 뿌리를 박고 솟아 있지만 마른 고목처럼 음침하다.

월랑은 먼저 품을 뒤져 펜타그램을 찾아보았다.

다행히 펜타그램은 품 안에 그대로 있었다. 다만 그 모양이 조금 변해 있었다.

마치 도장처럼 손잡이가 생겨났다.

월랑은 그걸 다시 품속에 집어넣었다. 그리고 이번에는 나무 기둥에 부적을 새겨보았다.

그리고 주술을 읊었다.

화르르!

아주 짧은 순간이었지만, 나무 기둥에서 불씨가 타오르다가 수그러들었다.

부적도 통용된다.

다만 그 위력은 상상 이상으로 줄어든 듯하다.

"흠, 대략 파악이 되는군."

영계의 여러 가지 현상에 대해서 파악이 된 월랑은 다시 걸음을 옮기기 시작했다.

물론 여태처럼 하늘을 날아서 순식간에 원하는 장소로 이동할 수도 있을 테지만, 우선은 감각을 제대로 익히기 위해 그는 걸었다.

그러고 보면 인간의 신체란 영력에 비해 얼마나 많은 것을 절제시키고 있는가. 어쩌면 영으로서 신체란 그저 거치적거리는 껍데기에 불과한지도 모른다.

죽음의 순간, 인간은 지나온 삶이 파노라마처럼 펼쳐진다고 한다.

그 짧은 찰나에 인간은 수십 년의 삶을 회상하는 게 가능하다는 게다. 즉, 영력의 활동력은 그 껍데기인 신체가 움직이는 것보다 훨씬 고차원적인 힘이 있다는 게다.

그러니 영계에서 생각과 동시에 몸을 빠르게 이동하는 것도 별일이 아닌 게다. 이곳은 정신의 세계, 영의 세계이므로.

다만 월랑은 지금까지 현계에서 살다가 갓 영계로 들어선 몸이다.

때문에 이 감각이 몸에 익지 않았다.

조절이 안 되는 게다.

그리고 무엇보다 한 가지가 신경 쓰였다.

아까부터 쓰러져 가는 가게 뒤에서 몰래 자신을 지켜보는 자가 있었기 때문이다.

월랑은 어느새 마을을 벗어나기 시작했다.

황량했던 사막도 거의 보이지 않았다. 길도 현계에서 보았던 것처럼 평범하게 이어졌다.

다만 모든 나무가 앙상한 가지만을 드러내고 있을 뿐이었다.

월랑은 한참 동안 길을 가다 말고 우뚝 멈춰 서서 말을 꺼냈다.

"그만 나오는 게 어떻소?"

"겔겔겔."

굵지만 흉측하게 메마른 나무 뒤에서 꼽추노인이 모습을 드러냈다.

그는 앞니가 위아래로 하나씩 빠지고 얼굴에는 검버섯이 피었으며, 등은 초승달보다도 심하게 굽은 꼽추였다. 그 외모가 어찌나 흉측한지 월랑은 자신도 모르게 이맛살을 구겼다.

"내게 볼일이 있소?"

"겔겔겔. 너……."

"뭐요?"

"나는 봤다. 겔겔겔."

노인은 괴상한 목소리로 웃어댔다.

월랑은 인내심을 가지고 물었다.

"무엇을 보았단 거요."

"너… 현계에서 온 놈이지?"

월랑은 순간 움찔 몸을 떨었다.

그제야 루브르가 한 이야기가 떠올랐다.

절대로 산 자라는 것을 들켜서는 안 된다.

월랑은 이내 침착성을 되찾으며 차분히 대꾸했다.

"영감이 무슨 소릴 하는 건지 모르겠군."

"겔겔겔. 시치미 떼도 소용없어."

월랑은 짜증스러운 표정으로 노인을 쏘아보았다.

"글쎄, 무슨 소릴……."

"겔겔겔. 너, 사막을 건너왔지?"

"그렇소만."

꼽추노인은 손가락을 뻗어서 멀찌감치 보이는 마을의 한 건물을 가리켰다. 그리고는 술술 바람이 새는 발음으로 말을 이었다.

"나는 저기 위에서 술 한잔하고 있었지."

'술? 영계에도 술이라는 게 있나 보군.'

"그런데 자네가 오더군. 저 사막을 가로질러서 쏜살같이 말이야."

"그게 어쨌단 거요?"

"그게 자네가 죽은 자가 아니라는 증거지. 겔겔겔."

"사막을 건너왔다는 이유로?"

"이런이런, 아직도 무슨 실수를 한 것인지 모르는군. 좋아, 하나 물어볼까? 나이가 몇이지?"

"그건 알아서 뭐 하려고 그러시오?"

"뭐, 좋아. 가르쳐 주기 싫으면 말게나. 참고로 나는 423세 일세. 뭐, 의미없는 나이이긴 하지만 말이야. 이 나이가 뭘 의미하는지 아나?"

월랑은 대꾸하는 대신 가만히 눈살을 찌푸렸다.

꼽추는 잠시 낄낄거리고는 말했다.

"이곳은 영계야. 성불하지 못한 자들이 영원히 머무는 곳이지. 잠시 후도 영원이고, 조금 전도 영원이지. 시간이라는 것은 무의미한 게야. 영원이라는 것에 대해서 생각해 본 적이 있나?"

꼽추는 추악한 얼굴을 들이밀며 월랑을 올려다보았다.

"하고자 하는 말은?"

"켈켈켈. 영원이라는 것은 한마디로 표현할 수 있어. 무료. 정말이지, 무료한 것이거든. 이런 곳에서 생명력이 넘치는 자는 좀처럼 찾아볼 수 없지. 물론 가끔 서로 치고받으며 싸우는 녀석들이 있기도 해.. 하지만 녀석들 모두 무료함을 달래기 위해서인 게야. 그리고 너무 무료하다 못해 영의 소멸이라는 위험을 걸고 스릴이라도 느껴보려는 게지. 그런데 이런 곳에서 자네는 눈썹이 휘날릴 정도로 빨리 달려오더군. 한 가지 가르쳐 줄까? 영계에서는 절대 서두르는 자가 없네. 기절초풍할 일이 생기지 않는 이상."

월랑은 입술을 뒤틀었다.

"만약 내게 기절초풍할 일이 생긴 거라면?"

"켈켈켈. 그건 뭔가? 혹시 영왕이라도 찾아갈 일인 겐가?"

"그걸 어떻게……?"

"켈켈, 그 소환도장을 가지고?"

"소환도장?"

"자네 품에 들어 있던 그 펜타그램 말일세."

'이것이 소환도장이었단 말인가.'

월랑도 몰랐던 사실을 알게 됐다.

이쯤 되자 월랑도 더 이상 버틸 수 없다는 것을 깨달았다.

월랑은 싸늘한 표정으로 꼽추를 쏘아보았다.

"그래서 이제 어쩔 건가?"

"이런이런, 너무 그렇게 무섭게 쏘아보지 마. 난 어쩔 생각이 있는 건 아니니까. 켈켈, 단지 수백 년 만에 재미있는 구경을 할 수 있게 돼서 오히려 고맙다네. 물론 다른 녀석들 같으면 널 죽이고 네 몸을 가지려고 하겠지. 이건 자주 있는 기회가 아니니까. 켈켈. 가끔 그런 소리 들어본 적 있지? 죽다 살아난 자가 갑자기 성격이 바뀌거나 전혀 다른 사람처럼 구는 것 말이야. 그게 왜 그런 줄 아나? 영계에서 영이 잡아먹힌 거거든. 그리고 다른 영이 그 몸을 차지해 버린 게지. 하지만 걱정 마. 나는 그저 자넬 따라다니면서 무슨 일이 일어나는지 구경을 하고 싶을 뿐이야. 내가 눈치 하나는 기가 차게 빠르거든. 내 감이 맞는다면 넌 정말 재미있는 놈이거든. 켈켈켈."

월랑은 물끄러미 꼽추를 바라보았다.

그의 눈빛에서 가식이나 거짓은 읽히지 않았다. 물론 영계에서 이런 눈빛이 얼마나 진실된 것인지는 알 수 없다.

하지만 적어도 지금으로서는 믿는 방법 이외에는 수가 없지 않나.

"정말 방해하지 않겠나?"

"켈켈켈. 그럼. 약속하지. 절대 방해하지 않는다고. 오히려 자네를 도와줄 수도 있네."

월랑은 고개를 끄덕였다.

"믿어보지."

"켈켈켈."

두 사람은 나란히 걸음을 옮기기 시작했다.

월랑은 하늘 높이 수직으로 치솟은 바위산을 올려다보았다.

바위산은 상당히 기형적으로 생겼다.

버섯처럼 밑기둥이 좁고 정상은 평평한 땅이었다. 그 땅 위에 아모스 성처럼 검은 성이 웅장하게 자리 잡고 있었다.

월랑은 이곳까지 꼽추의 안내를 받으며 왔다.

영계에서 지낸 건 사흘.

과연 현계에서는 얼마나 많은 시간이 흘렀는지 알 수 없었다.

월랑은 여행을 하는 동안 많은 사실을 깨달을 수 있었다.

영계에서는 육신의 고통을 느낄 수가 없다. 어찌 보면 당연한 말이다.

육신을 떠난 영의 세계이니까 말이다.

물론 시각적으로 보이는 육신은 그저 살아생전의 모습을 그대로 형상화한 것에 지나지 않는다.

다만 이 육신이 영계에 존재하는 칼—외형은 현계와 똑같이 생겼다—에 베이거나 누군가에게 상처를 입는다면 고통은 찾아온다.

육신의 고통이 아닌 정신적 고통으로.

머리가 아픈 게 아니라 가슴이 미어지고 찢어질 듯한 고통이 찾아오는 게다.

또한 영계라고 하더라도 오래 걸으면 지치고, 갑자기 힘을 쓰면 피곤하기도 했다.

"켈켈, 드디어 여기까지 왔군."

꼽추의 이름은 패트였다.

패트는 월랑이 궁금해하는 이런 저런 질문들을 모두 상세히 가르쳐 주었다.

그리고 지금까지 안내인 역할을 충실히 수행한 것이다.

어두운 밤.

영계에도 낮과 밤은 있었다.

패트는 영왕이 머무는 이 쿠로나 성을 밤에만 찾아가라고 일렀다.

현계와 마찬가지로 밤에 활동하는 것이 눈에 띄지 않을 거라는 이야기였다.

월랑과 패트는 주위를 슬쩍 둘러본 후 걸음을 뗐다.

그리고 보이지 않는 계단이라도 오르듯 이들은 허공을 밟아 올라갔다.

원래 쿠로나 성은 영들이 멀리하는 곳이다.

영왕의 눈에 자주 띄어서 좋을 일은 없기 때문이다.

때문에 이들이 쿠로나 성으로 올라가는 모습을 보는 또 다른 자는 아무도 없었다.

"크흐흐흐. 지금 내가 잘못 들은 게 아닌가? 다시 한 번 말해보겠나?"

영왕은 걸걸한 웃음을 흘려내며 물었다.

월랑은 꼿꼿하게 선 자세로 같은 말을 되풀이했다.

"들은 그대로요. 내게 시체를 부릴 수 있는 권능과 영계의 영들을 소환할 수 있는 권능을 주시오."

"크흐흐흐."

영왕은 철침이 가시처럼 돋은 의자에 태산처럼 버티고 앉아 있었다. 보기만 해도 눈이 찌푸려질 만큼 불편한(?) 의자임에도 그는 푹신한 소파에 앉은 것처럼 유쾌해 보였다.

그는 길고 거친 암회색 수염에 싸인 듯한 인상을 가지고 있었다. 그리고 풍채는 보통 인간의 서너 배는 될 정도로 컸다.

앞에 존재하고 있다는 것 자체만으로도 압도당하는 기분이었다.

그의 양옆에는 영왕의 수족으로 보이는 자들이 날카로운

눈으로 월랑을 내려다보고 있었다.

"오랜만에 재미있는 녀석이 굴러들어 왔군."

영왕은 연기처럼 느물거리는 암회색 수염을 쓰다듬으며 말했다.

"그 권능을 어떻게 준다는 거지?"

"고대 네크로멘서들이 사용했다던 그 술법으로."

"크크크, 하지만 그런 꼼수들은 이미 없애 버린 지 오래라네."

"알고 있소. 하지만 이게 있다면 가능할 수도 있지 않겠소?"

월랑은 품에서 소환도장을 꺼내 들었다.

영왕은 그제야 조금 의외라는 표정을 지었다.

그러나 그것도 잠시, 그는 곧 걸걸한 웃음을 다시 토해냈다.

"클클클. 재미있군, 재미있어."

"권능을 주시겠소?"

"네놈은 쉽게도 말하는구나. 크흐흐."

영왕은 월랑을 물끄러미 보다가 고개를 돌렸다. 그의 시선이 꼽추 패트에게 닿았다.

"패트, 어디서 이런 녀석을 주워왔지?"

"곌곌, 그게… 우연찮게. 워낙 재미있는 놈이라서 영왕님께 데리고 왔습죠. 마침 녀석도 영왕님을 뵙고 싶어하는지라.

젤젤젤."

패트는 연신 간사한 미소를 지으며 두 손을 마주 잡고 비볐
다.

겉으로는 웃고 있었지만 그의 행동에서 불안한 심정이 고
스란히 느껴졌다.

영계의 자들에게 영왕은 그 정도로 무서운 존재였다.

영왕은 다시 월랑을 물끄러미 바라보았다.

월랑은 눈 한 번 깜짝하지 않고 영왕을 마주 응시했다. 눈
싸움이라도 하는 듯 둘은 서로를 빤히 쳐다보기만 했다.

잠시 후,

"좋아. 크흐흐흐. 권능을 주지."

"여, 영왕님!"

"으헛!"

영왕의 수족과 패트마저 놀라서 비명처럼 소리를 내질렀
다.

영왕은 손을 들어 올려 자신의 수족들을 제지하며 말했다.

"모처럼 재미있는 녀석이 굴러왔잖느냐. 크흐흐흐, 이런
녀석이 온 건 3천 년 만에 처음이지 않나. 크흐흐, 물론 3천
년 전의 그 녀석은 결국 실패하고 소멸돼 버렸지만 말이야."

영왕은 재미있다는 듯 히죽 웃으며 월랑에게 시선을 돌렸다.

"권능을 주도록 하지. 단."

"단?"

"두 가지 조건이 있네."

"조건?"

"물론 무리한 조건을 제시하는 것은 아닐세. 한 가지는 그 소환도장을 사용하려면 필히 해내야만 하는 조건일세. 이곳의 법칙이 그런 게야."

"그리고 다른 하나는?"

"그것도 별다른 건 아닐세. 듣고 나면 자네도 수긍할 만한 조건이야. 받아들이겠나?"

영왕은 무언가를 기대하는 듯한 표정으로 월랑을 보았다.

월랑은 일말의 망설임도 없이 고개를 끄덕였다.

"그 조건, 받아들이겠소."

"크흐흐흐. 좋아, 좋아. 그럼 조건을 말하겠네. 크흐흐."

영왕은 다시 기분 좋게 웃어댔다.

『참 마스터』 제6권에 계속…

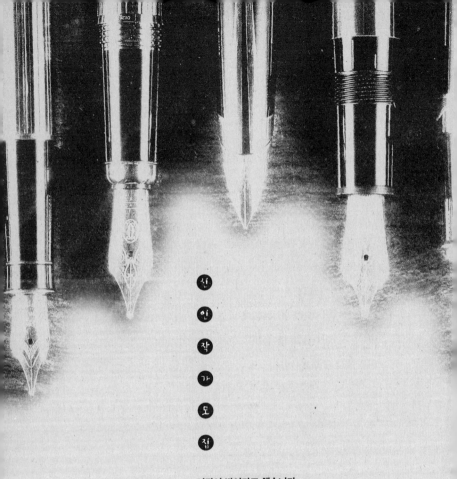

은하의 계곡

무천향
武天鄕

허담 新무협 판타지 소설

뿌리를 찾아가는 목동 파소의 여행.
그 여정의 끝에서
검 든 자들의 고향 대무천향 (大武天鄕)을 만난다.

검객 단보, 그는 노래했다.

…모든 검 든 자들의 고향 무천향.
한 초식의 검에 잠든 용이 깨어나고, 또 한 초식의 검에 잠든 바다가 일어나네.
검의 흐름을 따라가다 보면 어느새, 세월도 잊어버리고, 사랑도 잊어버리고,
무공도 잊어버려…….
결국에는 자신조차 잊어버리는…….

은하의 가장 밝은 빛이 되어버린다는
그 무성(武星)들의 대지(大地).

아, 대무천향(大武天鄕)이여!

유행이 아닌 자유추구 -
WWW. chungeoram.com
Book Publishing CHUNGEORAM

閻王眞武

염왕진무

김석진 新무협 판타지 소설

"그, 그럼 어디서 오셨습니까?"
무심하게 고개를 돌리며 진무가 속삭이듯 말했다.

……지옥에서.

인간이라면 절대 익힐 수 없다는 강호삼대불가득!
그것에 얽힌 비사를 풀기 위해 그가 강호로 나섰다!
피처럼 붉은 무적의 강기, 혼돈혈애를 전신에 두르고
수라격체술과 염왕보로 천하를 질타하는 쾌남아, 진무!
염왕의 진실한 무학을 발현하여 무림삼패세와 고금십대천병을
이겨내고 속세의 악업을 심판하는 진정한 염왕이 되어라!

이제 강호는 진무의
일거수일투족에 열광한다!

유행이 아닌 자유추구 -
WWW.chungeoram.com
Book Publishing CHUNGEORAM